ひりつく色

挾土秀平

写真：挾土 秀平
【左上】『春の女神』【左下】江戸屋萬蔵が最後に手がけたとされる
旧川上別邸の土蔵。左に老松、右に鶴の見事な漆喰彫刻が描かれている（修復前）

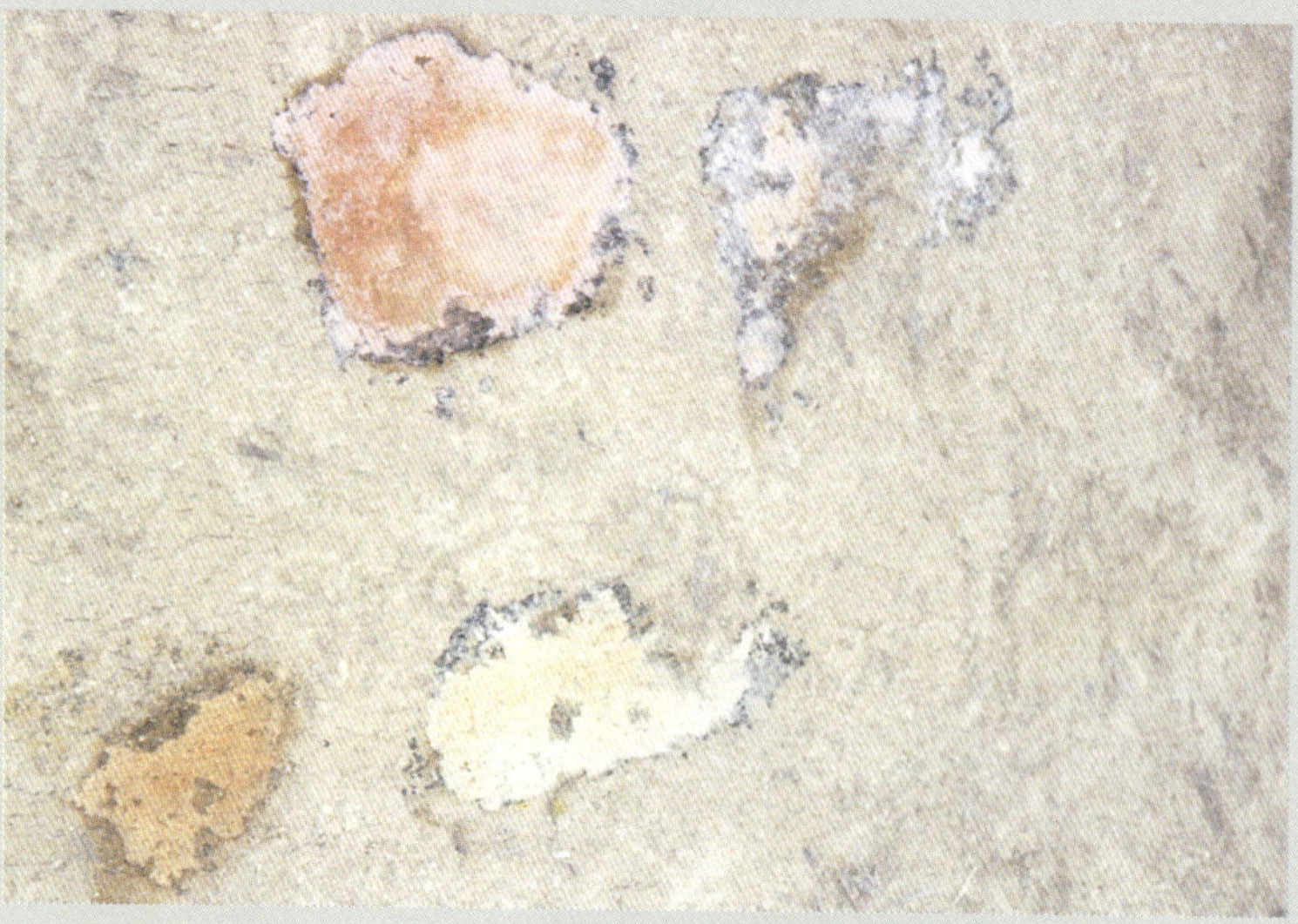

写真：挾土 秀平
【右】江戸屋萬蔵、4色試し塗りの跡（荏野文庫土蔵）
【左頁】日の丸弁当の唄

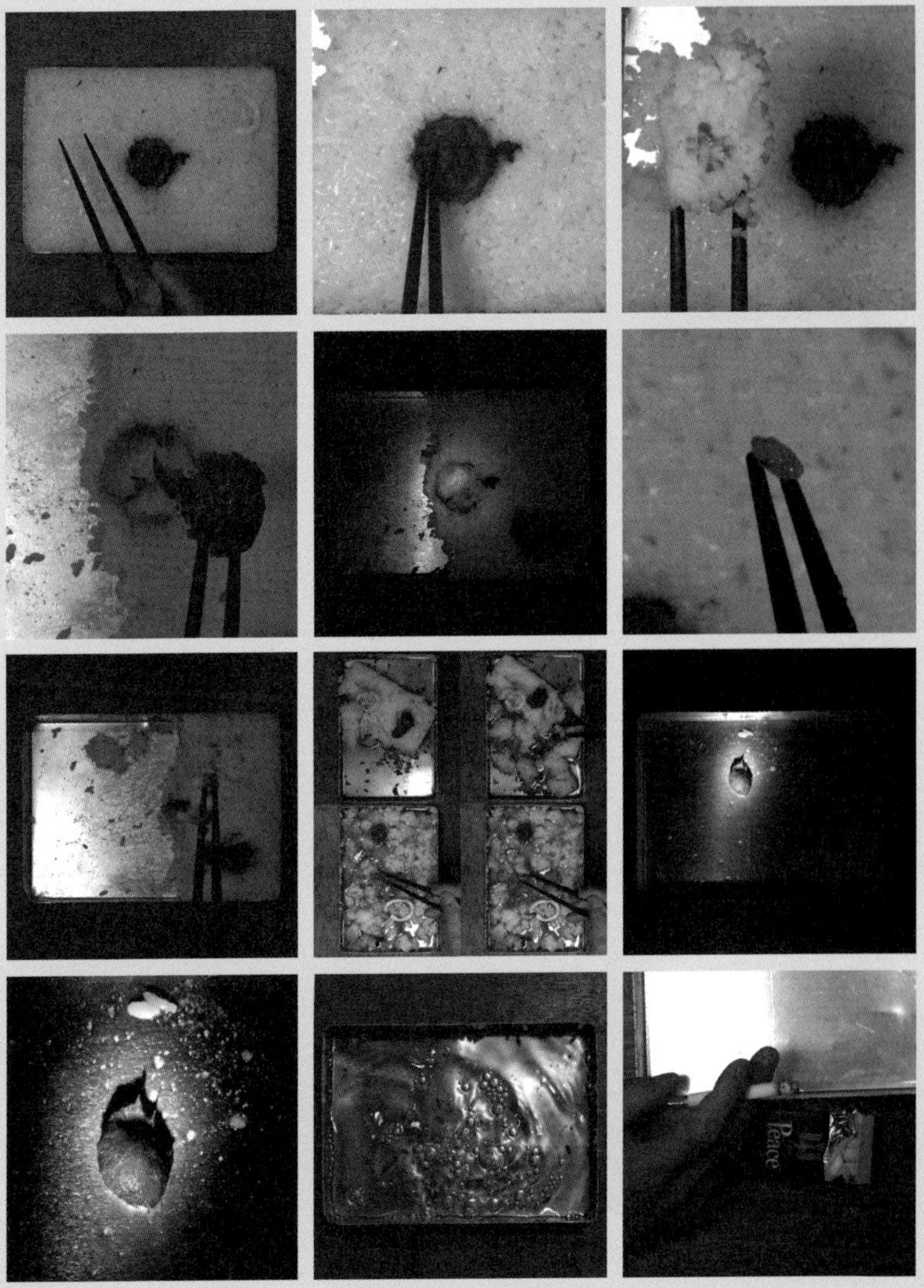
Peace

文を書き終えて整列させると
いつも、その余白を眺める
文字の下は、山並み
文字の下にも、風景がある
美しい余白を眺めていたい

――挾土　秀平――

目次

表紙カバー
題字／挾土　秀平
写真　挾土　秀平『野葡萄の壁』
装丁　伊藤　俊文

色について思う。

仕事柄、「土」と向きあってきたからだろうか。肌で感じる持論のようなものがある。
三十代、まだ土をどう扱ったらいいのかわからず、
自分流の塗り壁を夢見て色土を探し、採取を繰り返していた孤独な時期があった。

飛騨の山々を歩いた。開発工事で鉄の重機が大地をえぐっている現場を訪ねたり、
ときには土地に伝わる古い伝説をたどって探したり。
ありきたりな色あいの土でも、一度目を閉じて新鮮な目で見つめ直すと、微妙な違いが見えてくる。
めぐりあう土のどれもが、美しく見えた泥狩りの日々。

飛騨の蔵作りに適した、カマ土と呼ばれる【赤茶色の土】
岩と岩との隙間に、斜めに細く挟まれた【鉛色の粘土】
深山の谷沿いをしばらく歩くと、突如身の丈を超えて現れる【真っ赤な山肌】

厳寒の朝、霜立ちの下に鮮明にむき出した【黄土】
湧き水といっしょに流れ出る、鉄分の蓄積であろう【サビ色の土】
薄い黄土色の中にある、淡い緑を思わせる【浅黄土】
地層の中に一筋走っている、地球の堆積の歴史を教えてくれるような【白土】

ある日のこと。
人けのない林の細い下り坂の途中だった。深山の清流を背にしたクマザサの奥を進むと、白骨化した獣の死体を脇にして、黒い顔をのぞかせていた粘土に手を伸ばした。ぐっとつかんで陽にかざしてみると、指先から乾いてくる色あいが、まるで夜空のような青味を帯びている！

人生で神様を感じる瞬間が人それぞれにあるとしたら、この瞬間が、自分の背骨をつかんだ運命的な場面だったと思う。

真冬の深夜、雪面の野原に立って見上げる夜空は、月あかりが白い大地に反射して、濃紺がすこし薄まったような青さが広がって見える。
また、秋の夜には、月光をうけた樹林が静脈模様の影を落とすと、
黒青い地表は美しく恐ろしく思え、
やがて身体が浮きあがって、紺の透明な世界に吸い込まれてゆく。
そんな色の土なのだ。

それ以来、この土を、ひとり勝手に「夜空色の土」と名づけて。
まずは、塗り壁として平滑に塗りあげてみた。
すると、あの夜空のような奥行きと静けさの土壁ができあがったのである。

空には夜の果て……、宇宙の無限の紺。
海には、謎の深海に広がる紺。
そしていま、自分は陸の地中から、もうひとつの紺色と出会うことができた不思議。

【空】、【海】、【陸】の無限の色。命あるものを包み込んでいる紺。
大地という大きなキャンバスに点在する赤い木の実や、小さな野草の黄色い花びら、
葉緑の樹林、枯葉色、そうした様々な色あいは、
私たちをとり巻く圧倒的な紺の中に、散りばめられているにすぎないのだと思った。
「紺」という色に包まれて私たちは生きている。その陸の紺を、手に入れることができたのだ。

子どものころ買ってもらった
水彩絵の具にある十数種の色は、左から順に

赤色→だいだい色→黄色→黄緑色→緑色→水色→青色→
紫色→桃色→薄だいだい色→黄土色→茶色→こげ茶色→
黒色→灰色→白色　と並んでいる。

よく考えれば、あの赤や黄は、化学的に作られた色、教え込まれた色だった。

「土」の色を見て仕事をしていく中で、
色とは、自然に散らばる色あいを、自分の中に取り込んでゆくことだと感じるようになった。
もし自分が絵の具を作る側だとしたら、
色の並べ方の順番に対してこだわった『水彩絵の具』を作ってみたいと思っている。

まず、十六色を並べる箱の左右の端に、深い紺色を置く。
左端の深い紺の次に紫→赤と置き、そして順に、
だいだい色→薄だいだい色→黄土色→黄色と並べて、中心に「白」を置く。
右端も深い紺からはじめて、藍色→青色→こげ茶色→茶色→緑色→黄緑色と並べて、
中心に「黒」を置き、ちょうど真ん中に白色と黒色を並べる。

仮に、色は理論的に作られて与えられるものではなく、
日々の体験の中で感じ取るものだと考えてみると、現実の世界には、
本当の真黒や、本当の真白というものは、ないんじゃないかというように思えてくる。

たぶん、真黒と真白は、この世にはない色に違いない。
両端に紺を置くのは、
すべてが紺の中に散りばめられ包まれているという無限の広さを意味して、
中心にある黒は、紺がもっとも濃くなった色だと考えよう。
そして白は、紺がどんどんと薄くなり、最大に明るい紺だと考えたい。

数日前、日本列島には強い寒波が停滞して、
飛驒は二日に及んで残酷なほどの雪が降り続き、見渡す景色は白銀の雪に覆われた。
翌日は一転、晴天の陽の光が注ぎ、
景色は強い反射と影の風景に支配されて、その中に立つと……。

まぶしく反射する真っ白な雪にも、雪の凹凸に生まれている影の中にも、
白い青があり、影にも青がある、紺色の世界が見えるのだ。
そう、やはり、紺色が限りなく濃くなった色、それが黒。

そして紺色が、限りなく薄くなった色、それが白であり
黒と白の間にある永遠と続くグレーの影にも、光り輝く銀にも、紺の影が落ちている。

この夜空色の土と出会ったときから、自分はこの土を背景に
様々な土色を散りばめたいと思うようになったのかもしれない。

【地・水・火・風・空】
より自然を感じて喜んだり、畏れたり。
根や泥、ひとつの石ころへ、素材へ。

紺は、はじまりの色。
以来自分は、夜空色の無限の広がりの中に創造を膨らませて、
言葉と色と土を使い、自由な表現をはじめたのかもしれない。

挟土　秀平

陽の光を集めて燃やせば、
　　　　たぶん金が生み出せ
月の光を集めて凍らせれば　銀が生まれ
枯葉をたたいて腐食させると　銅になる。
そして、けむりと雨をまぜて　鉄を生み出し、
吹く風を鋭い太刀で切ったなら、
　　　　　　　　　　水がこぼれる。

　　　　　　　　　　　　……これらが全て土に降る。

If you gather sun rays and burn them,
maybe you'll get gold.

If you gather moon rays and freeze them
you'll get silver,
and
if you pound dry leaves and let them rot
you'll come up with copper.

Then by mixing smoke with the rain,
you get iron,

by cutting the blustery wind
with a sharp sword,
water will overflow.

...... and
all of these things, to fall upon the soil.

translated by Robert Campbell

春と修羅
青色

高校を出たあと、熊本・名古屋と六年間の修行を経て飛騨に戻った。

地元で親父の起こした会社の跡を取ることが運命なんだと、人一倍働いた十四年間があった。

あの十四年をふり返ると、ただ悲しさと矛盾ばかりが焼きついている長い時間だった。

結果を残すほどに孤立していき、ひとつの失敗をここぞとばかりに叩かれる。

嫉妬や憎しみ、体裁だけが渦巻く毎日の末に、会社を出る決意をした。

荒れ狂っていたあのころ。
怖いものがなにもなくなって、自分の身体や精神が崩れかけていても
誰もが見て見ぬふりをしていた。
そのせいか夜ひとりになると、決まって矛盾が膨れあがったあと、
濁った息を嘔吐していたことを思い出す。
当時は憎しみの力で仕事をこなし、仲間の顔はモノクロに見えていた。

そんな十四年間の最後の仕事は、

飛騨上宝村《かみたから》（現・高山市上宝町）の「上宝ふるさと歴史館」という建物で、
自由に塗っていいという一枚の玄関の壁だった。
山から掘り出した粘土をそのまま、
篩《ふる》いわけもせず、ザックリと切った藁を混ぜて腐らせた荒い土で、殴るように塗った壁。
のちに、「泥の円空」と名づけられたこの壁を、
月刊『左官教室』編集長の小林澄夫さんは誌面でこう表現した。

塗り壁の美学　《怒る土》

歯ぎしり　唾《つばき》し
ゆききする
私は一人の修羅なのだ
まことの言葉はここになく
修羅の涙は土に降る

壁に添えられたその言葉は、強烈な恐さと孤独と悲しみの力に震えていた。
こんなにわずかな数行の言葉が、頭の芯に突き刺さって、
心の底に重い石を置かれたような感覚が走ったことが忘れられない。

誌面を見たとき、小林さんが俺のことを見抜いて書いた！　と思った。

すぐ小林さんに電話して、「なんという強く哀しい言葉」と投げかけると
「ああ、これ、抜粋した宮沢賢治の『春と修羅』だよ」

「それって誰？」そう聞き返した俺。

実はこのときまで俺は、宮沢賢治を知らなかった。

春と修羅
(mental sketch modified)
宮沢　賢治

心象のはひいろはがねから

あけびのつるはくもにからまり
のばらのやぶや腐植の湿地
いちめんのいちめんの諂曲《てんごく》(1)模様
(正午の管楽《くわんがく》よりもしげく
琥珀のかけらがそそぐとき)
いかりのにがさまた青さ
四月の気層のひかりの底を
唾《つばき》し　はぎしりゆききする
おれはひとりの修羅なのだ
(風景はなみだにゆすれ)
砕ける雲の眼路《めぢ》をかぎり
　れいろう(2)の天の海には
　聖玻璃《せいはり》(3)の風が行き交《か》ひ
　　ZYPRESSEN(4)春のいちれつ

(1) 自分の意志を曲げて他人に媚び諂うこと。諂曲模様とは自己のそういった心象を形象化した賢治の独創的なイメージとされる。

(2) 玉などが美しく透明に輝く様子。

(3) 玻璃はガラスの古称。聖を冠して教会の飾り窓をイメージした美称の造語。

(4) シュプレッセン。イトスギのドイツ名。

くろぐろと光素《エーテル》を吸ひ
その暗い脚並《あしなみ》からは
天山の雪の稜《かど》さへひかるのに
（かげろふの波と白い偏光《へんくわう》）
まことのことばはうしなはれ
雲はちぎれてそらをとぶ
ああかがやきの四月の底を
はぎしり燃えてゆききする
おれはひとりの修羅なのだ
（玉髄《ぎよくずい》（5）の雲がながれて
どこで啼《な》くその春の鳥）
日輪青くかげろへば
修羅は樹林に交響し
陥《おち》りくらむ天の椀《わん》から

（5）微結晶性石英のうちの数種を除いた一般呼称。不透明で淡灰色、しばしばブドウ状の外観を呈する。

黒い木の群落が延び
　その枝はかなしくしげり
　すべて二重の風景を
喪神《さうしん》の森の梢《こずゑ》から
ひらめいてとびたつからす
（気層いよいよすみわたり
　ひのきもしんと天に立つころ）
草地の黄金《きん》をすぎてくるもの
ことなくひとのかたちのもの
けら（6）をまとひおれを見るその農夫
ほんたうにおれが見えるのか
まばゆい気圏の海のそこに
（かなしみは青々ふかく）
ZYPRESSEN しづかにゆすれ

（6）衣。東北地方の方言で蓑のこと。

鳥はまた青ぞらを截《き》る
（まことのことばはここになく
　修羅のなみだはつちにふる）

あたらしくそらに息つけば
ほの白く肺はちぢまり
（このからだそらのみぢんにちらばれ）
いてふのこずゑまたひかり
ZYPRESSEN　いよいよ黒く
雲の火ばなは降りそそぐ

（大正十一年四月八日）

当時三十八歳。
はじめて宮沢賢治を知り、「春と修羅」を全文読んで、
なんど読み返しても、この五十一行の詩の世界をひとつに感じることはできなかった。

ただ一行一行に感じる模様や景色や色が、自分の感情や視線に重なって思えてくる。
詩の一行がそれぞれに強いフラッシュとなって、
頭の中に五十一枚の写真が埋め込まれたような気がしたのだ。
小林さんに、「これって、何が言いたいのかサッパリわからないけど、
断片的に俺のことが書いてある気がする」と、電話したくらいだった。
それからはこの詩が呪文のように自分に備わり、この言葉からいくつもの塗り壁が見えてきて
東京にいても、飛騨にいても、夜の青を浴びるような自分が生まれたような気がしている。

心象のはひいろはがねから
いかりのにがさまた青さ
れいろうの天の海には
四月の気層のひかりの底を
黒い木の群落が延び
まばゆい気圏の海のそこに

（気層いよいよすみわたり
ひのきもしんと天に立つころ）
（かなしみは青々ふかく）
ZYPRESSEN しずかにゆすれ
鳥はまた青ぞらを截る
あたらしくそらに息つけば

これらのどの行にも、澄んだ青が見える。
そんな青が散らばる「春と修羅」は、全体に青がばらまかれた紺色の詩。

その枝はかなしくしげり
すべて二重の風景を
ことなくひとのかたちのもの
けらをまとひおれを見るその農夫

ほんたうにおれが見えるのか

苦い息を吐いていた十四年。
いま、醜さをエネルギーにしていた過去と自分の背景に暗い闇があるだけ、
人と人との摩擦や、人を憎しむ力を冷たい青に打ち消すために、
青を澄みきったものとして、強く憧れるのだろうか。
それは自分も同じだったから、賢治に響いたのだろうか。

ひとりになって
夜明けの青や日暮れの青を眺めていると、余分な感情が抜けて静かになってくる。
身体が冷たくなったぶんだけ、青に近づいてゆけるような気がした。
そうして悲しい青を自分に取り込めば
身体は青の中に浮かび、紺に色づく無限の世界へと吸い込まれてゆくような……
すべてのはじまりの色へ、はじまりの場所へ、戻ることができるかもしれない。

仲間の顔がモノクロに見えていたあのころ。
仕事を終えて車を動かし十分ほど過ぎると、かならず吐き気を催し、
路肩の黒い草むらに、濁った息を嘔吐していた。
そのときのバックミラーに映っている、熱を帯びて充血した眼。

もしも、人を憎む熱や、欲望の熱を「赤」だとしたら
　賢治は、賢治の中に湧きあがる赤い熱を青い風景に散らし
　　獣や魚に流れる熱や血から、離れようとしていたのだろうか？

それでも抑えきれなかった青が、荒ぶる青い詩。
どんなに抑えても、それでも生まれてしまう怒りを
せめて青い言葉に変えた賢治だったのではないだろうか？

けらをまとひおれを見るその農夫
ほんたうにおれが見えるのか

『春と修羅』に、俺はそんな青い怒りの感情を見る。

東京オレンジ色

はじめて東京で仕事をしたのは、いまから十三年前。
右も左もわからない文京区のど真ん中で、壁を塗っていた。
二〇〇一年に独立・結社したものの、地域のしがらみは俺たちを静かな視線で包んで仕事はなく、
俺たちは行き場を見失いかけていた。夢も希望も描けず、わずかな仕事をこなしながら
次の仕事のために頭を下げる、ただ孤立と不安が募る日々を過ごしていた。

だから東京からのオファーは迷わず請けた。
それから二回目となった仕事は、東京タワーをのけぞって見上げる場所。
ここで、心、自由に塗った一枚の壁がある。
東京タワーをかすめた淡い微風が、数枚の花びらをさらって舞い飛ぶサクラの壁。
しがらみに関係なく、俺たちを望んでくれた東京に
「それに見合った結果を残したい」、ただ、そんな思いで塗っていた。
いまも、あのときの高揚感を思い出す。
あの一枚の壁が、『東京』を自分に焼きつけるはじまりとなり、

やがて運命的な歯車を動かし出した、たいせつな壁だ。

東京――。
それは自分にとって異国にも近かった響き。
時間がどこよりも速く、強く流れる街。ビル群の赤い点滅の光をいつも眺めていた。
星のない鉄紺色が広がる空中に、蒼銀色の透明な線が無数に交錯しているかのような夜の空。
ホームに立っていると、ざわめきが徐々に薄れて
人とすれちがっても、ただ人の形にすぎず、
自分もまたそんなひとりであることが、すがすがしくて、なにか悲しく……。

地域の中ではみ出し、行き場を失いつつあった俺は、この巨大で孤独な地にまぎれて
オレンジに光る東京タワーの四本の足に踏みつぶされるまで
自分を試し続けられる場が与えられたならと、願って止まなかった。

自分を試せる場所、東京。

消耗して、いずれ壊れてゆくとしても、
そんな時間が与えられたなら、どれほど納得がいくことだろう。そう願うと突然、
頭の芯から喉の奥に押し震えるものが走って、吐き気で口があけられず黙り込む。
早朝、まだ暖かさの残るアスファルトに生ゴミの風が吹いて、自分を一周してすぎると、
不思議に勇気づけられて胸が熱く高鳴ってくる。
人の流れに自分をあずけ、気力を内に秘めていると
あたりが映像のように見えはじめて、視線が鋭く研がれてゆくような気がした。

ところがこの数年、蒼銀の線は消えて、琥珀のガラスのように見えていたタワーからは
あのときの空の透明な感覚が、いつのまにか消えてしまっていることに気づく。
「自分のなにかが変わった？」
そう思うと、体中に不安な震えが走り出しておそるおそる問いかけている。

「どうした、あの感覚を失ってしまった……?」

もしかしたらお前は、もう壊れてしまっているのか?

知らぬ間に、お前は違う感覚に変わってしまったのか?

それとも、もう疲れて、使い終わっているのだとしたら……。


それからの東京は、迷いさまよう日々へと変わってしまった。

あの感覚に戻れないまま月日が過ぎさって、ひとつの終わりを受け入れはじめている自分。

「もう俺は、あの夜の空には、戻ることができなくなってしまった?」

……消えた琥珀のガラスの塔。

ある日、小雨の路上、重いバッグを片手にふり向くと、
オレンジ色の霧の中にタワーが霞んでいるのを見上げていた。
あくる日、同じ場所で、タワーはぼんやりとした姿のまま深い霧の中に包まれ、
うっすらとあるだけだった、もう見えない。

それでも、腐っていたころの自分に立ち返ることでこの街に立っていられる喜びを噛みしめていた。

数日後、バッグを片手に再び同じ場所に降り立ったとき、
タワーが雲ひとつない鉄紺の空にそそりたって
鮮明なオレンジの光が眼につきささってくるように迫ってくるのを感じた。
そして、その場にただとらわれて、立ち尽くしていた。

そのとき、
急に胸が隆起し出して、喉元が押し開かれるような感覚から幻想に引き込まれる。
開かれた喉いっぱいの食道から、植物的なツルが体を浮きあがらせるほどの勢いで走り、
あごを突きあげ、舌を押し出し、腹の底から吐きのびて、
空中に螺旋を描いて絡みついてゆくようなシーンだった。

我に返って、ふたたび歩き出す。

歩き出して数秒、「ある、ある」とつぶやいて、もう一度、ふり向いてタワーを見上げると……。

タワーは、強烈で鮮明な光で自分に迫り、そして、心の震えが戻っている。

「見えている！　これは、あの夜！

まだ壊れてはいない。目を開け！　……まだできる！」

＊

こうして東京と関わってきた十三年。
ふり返ると、俺たちは東京での出会いと広がりによって生きてきた。
もちろん、地元での仕事は選ばずなんでもしていきたい。
けれど、十四人の職人が食べていくためには、
価格破壊してしまっている地元の受注競争では限界があった。
東京は実力さえあればそれを評価し、裏を返せば厳しい。
時代の流れもあってか、積みあげてきた実績も増えて、

年を追うごとに東京から俺たちをメインにしたオファーが来るようになった。

「東京に応えたい」

来る仕事を全部請けた十三年。

気を張りつめた仕事に、身体も神経もすり減らしているのはわかっていた。

ある晩、
額が汗ばんだかと思うと、針が走るような強いめまいに
グラッと瞬間がねじれて、一歩先のガードレールについた片手。
もう一方で走り抜けるタクシーを本能的に止めてなだれ込んだ。

カーテンを閉じたホテルの薄暗い一室で、そのまま丸一日半横になっていた。
一晩眠って、めまいはあの一瞬のみで元に戻っていたが、
外に出る気持ちにまったくなれず、そのまま横になっていた二晩目の朝方だった。
明け方四時ころ、うっすら目をあけると、

切り紙を撒き散らしたようなオレンジ色の光が暗い部屋全体に、映っているのである。
天井にも、
四方の壁にも、
寝返りを打ったこの右半身にも……。

カーテンのわずかな隙間から差し込んだ東京タワーの光が、
グラスを透して投影されていたのである。
それはまるで切り紙模様の不思議な光の部屋。

目覚めて、くしゃくしゃになったシーツに、自分の影が伸びて……静かである。

暗がりに起きあがると、自分よりも遅い時間が漂う、静かな東京の一室。

吸い込んだタバコの火玉に、あたりがぼやけ
気持ちが脱力して、身体から余計な熱が抜けてゆくのが見えるようなときが流れていた。

遠くから届いてくる車のかすかなざわめき、

都会のざらついた静寂が清々しく、安心が充満したホテルの一室。

最近では、飛騨にいても
いつも過剰に自分を張っていなければならない窮屈さを感じはじめていて、
ごくまれに、
あんなに静かな地元の暗闇がカオスのように動きまわってうるさく、眠れないこともある。
いつの間にか慣れてきた東京は、
穏やかな雑踏の夜の底に、切り紙のようなオレンジの光を音もなく注いでいる。
その夜の底には、不思議と心休まる一片のときがあった。

オレンジ色の光、東京の夜。

師動カズ
透明

このようにして
私は消えていくのか
枯れた花
石にすがる蝶
私の名前では何も残ることなく
誰にも知られることもなく
ただ
風であり
声であり…

【マヤ古謡】

そんな詩を扁額にかかげるにふさわしい草家を、私はながいこと探していた。
朝鮮・ペルー・ニューメキシコ……。そんなに長くない人生の半ばもとうにすぎ、
そうした詩にふさわしい草家を、通りすぎる旅人として見ることがなかったわけでもないが、

それは旅の夜空を彩る花火にも似て、旅の夜の闇をいよいよ深めたばかりなのだ。

　それがこの八月の初め、思ってもみない出来事が、八ヶ岳の南麓で起こった。

それは泥の若い仲間たちが五、六十人集まって、地元の自然農法家の依頼で野菜蔵をつくるというワークショップであった。

ワークショップでは、三日間で集まったのべ百五十人余が、飛騨高山のかつての民家の屋根を葺いていた「榑《くれ》板」を地場の泥で積んで、松ぼっくり風の野菜の貯蔵庫をつくった。木の枝や竹を縄でからげた骨組みに泥を塗って仕上げたので、土蔵といえば土蔵のつくりといってよい。

泥のワークショップの三日間は、集まった者たちの無償の思いのゆえに、祭のような気分であっというまにすぎてしまった。結果ではなく、その過程が楽しく充足したものであれば成功したといえるのなら、参加した一人一人が、なにがしかの豊かな思いを得たということで、そのワークショップは成功だったといえるだろう。

　畑のすみに自生したくぬぎの樹を活かした立地といい、巨大な鳥かごのような骨組みといい、泥を捏ね、泥だんごを一人一人リレーしながら壁に積みあげ、榑板を針鼠の針のように差し込み、不思議な生物のような、なまめかしいフォルムが形成されて来るのを誰もが驚き、感動に胸をときめかせたのだから……。

それから一週間後、私たちはその祭の後の姿を見たくて再び現場にやって来た。

野菜蔵は、八ヶ岳の南麓にふりそそぐ八月の光をまとい、くぬぎの青々とした葉群れの下に静かに憩っていた。それは何か縄文の昔からそこにそのまま居続けたとでもいったように静かに、

それでいていまにも動き出しそうな姿で佇んでいたのだ。

そう、この三日で生まれた不思議な、奇跡に近い建物に名前をつけることは出来ない。

マヤの古謡の唄うように…。

ただ風であり… 声であり… という無名の言葉を捧げるしかない。

（文／小林　澄夫）

時折、我が師である小林澄夫さんから、こうした手紙が送られてくる。

一年に四～五回飛騨を訪れては、土のことや風景のこと、詩のことを話してくれる。

小林さんと定期的に会うようになったのは

一九九六年、荏野《えな》文庫土蔵修復の取材がキッカケだった。

それから、十八年。最近は梅雨が明けると、心配しなければならないことがある。放っておくと命にかかわるような、「まさか結核？」と思わせる枯れた咳をして、ここ数年は、冬と夏にかならず風邪をこじらせている。我が師、小林さんは大丈夫だろうか？

十年ほど前に廃刊となった、『月刊左官教室』の元編集長、

人生のほとんどを東京・神保町の古本屋めぐりに費やして、生涯独身。

『さぼうる』という薄暗い喫茶店の片隅でひたすら本を読むか、詩を想う。

本人の語るところによると……。

食生活は「夏はキュウリでキリギリス、冬は湯豆腐、猫になる」

「このあいだ、風邪をひいて、医者に行ったらさあ、

これ、栄養失調ですね〜、なんて言われたよ」と、か細い声で笑っている。

所持品は両切りのショートピースに、極太の万年筆とボロボロのぶ厚い手帳だけ、

背を丸めて座る痩せたうしろ姿は、服の上からも肩甲骨がくっきり浮き出しているのがわかる。

コーヒーについてくる小皿のピーナッツを一粒ずつかじる。これが唯一の栄養源。

小林さんは、明大前の古いアパートに住んでいる。行ったことはないが、長年のつきあいからわかるのは、どうやら部屋にテレビも時計もない。たぶん新聞もとっていない。時間や社会の情報は、明治大学卒業時に買ったという四十六年前のラジオで知るのだそうだ。コートは色褪せ、煙草で焼いた穴が無数にあいていて、聞けば、もう二十年近く着ているからねえ、と笑っている。そんな暮らしぶりから、酷暑の東京でも冷房とは無縁。冷房がないのか、あってもつけようとしないのか定かではないが、異常な体力の消耗がこちらにみてとれて気が気でないのだ。もう六十八才の我が師。梅雨が明けると、命に関わる問題として心配で仕方がない。

心配といえば、去年聞いた不思議な話をひとつ。一階のバルコニーに続く庭先にタヌキが姿を現し（明大前になんでタヌキが？）、小林さんはパンの切れ端を与えていた。

ある晩そのタヌキが寝床にやってきて、寝ていた小林さんの腕をかじったというから驚く。都会の真ん中で小林さんがいかに浮世離れしているか。普通、野生の獣のほうから人間に近づくことはありえない。自然の倒木に見えたか、あまりの気配のなさに死体にでも見えたか？

俺は小林さんに会うために、一年に七〜八回『ランチョン』という神保町のレストランに行き、二人でビール付きのランチをしながら時間を過ごす。そのとき考えている直感的な事柄や創造的な話の断片を俺が投げかけると、へえーっと聞きながら、しばらくすると文学や歴史、宗教や民話、あらゆることが掛け合わされた小林的発想の縦横無尽な回答が紡ぎ出されてくる。

たとえば、こんなふうに。

「いま、車輪のような文様を考えているんだけど……」

ザックリと頭にあるイメージを思いついたままに伝えると

「それはたぶん、飛騨の地霊が秀平の中にある縄文の血を呼び覚ましているんだよ。飛騨には、『車田』っていう同一円状に植え込む田んぼがあるでしょ。自然を愛するケルト民族にも渦巻模様があって、どちらの民族にも墓場にイチイの木を植える風習があるから、飛騨とケルトが同じ血を持って、いま響きあっているんだよ。すごいね」

「そう……、そうだよ。バイカル湖のほとりで生まれた人間が、西の果てにたどり着いた者がケルト人で、東の果てにたどり着いた者が日本人。つまりいま、飛騨から深層の心で繋がろうとしているとしたら素晴らしいね」

「新しいなにかが、またひとつはじまりそうだね」

夢見るように、小林さん自身も気づいていくように、目の前でパズルを組み立てていくように、か細く呟きはじめる。

俺は「それはなんで？」

「えっ！　それはどうして？」と、いちいち尋ねる。
小林さんの詩やコラム、小林さんから送られてくる手紙の言葉の一つひとつ、
相容れぬ言葉の掛け算を、ずっとそうやってこの身体に取り込んできた。
いま俺が、机上の学習による自然観ではなく
体験と思考が生み出す自然観で行動できているのは、
この師に出会い、
その哲学をゆっくりと積み重ねたからだと思っている。

秀平へ
前略　過日は食料と水を援助いただき、有難うございます。
いま、私のアパートの廃屋の前に一本の梨の樹があって、白い花が咲き、
熊蜂の羽音が何処からともなく聴こえている。やわらかい黄金の羽音。
朝の陽の光が梨の白い花にそそぎ、白い花びらは光年の彼方からやってきた太陽の光に揺れている。
津波も自然、梨の白い花も自然……。どちらの自然も受け入れる。

ほんとうの歓待の心を拾うことは難しい。（歓待とは、到来するものを受け入れる、という意）自然は人間のことなど考えている訳ではない。己の思うがままに振舞っているだけだ。人間の文化と、自然とは、永久に出逢うことはない。

出逢うことが出来ると考えた近代が自然の逆襲を受ける。

もし仮に、文化と自然が出逢うことがあるとしたら、宮沢賢治の詩の一行にあるように

《打つも果てるもひとつのいのち》

に、我々のすべての心がなったときだ。

もし仮に、文化と自然が交わることがあるとしたら、私たちの自然である、かけがえのない命を、山、川、草、木、鳥、虫、獣、魚の命の中に溶かしこむときでありましょう。

秀平が西欧の文化の花といってよいパリの路上で流した涙と、東北の災害の無垢の被災者に流した涙がひとつになるときでありましょう。

いわば、自然と文化がエロスの涙に溶けあうことです。

秀平の仕事には、そんなエロスの涙があると私は、思っています。

秀平はそれを表現できると思っています。

漂えども沈まぬ帆船のように
ゆきゆきて、ゆきゆけ。
私の言葉を、私の文字を、求めてくれる友を有難く思っている。

*

五月中旬、今年はじめて小林さんが、高山にやってきた。今回は一泊。酒を酌み交わしながら、肉や魚、できるだけ高カロリーのものを注文し、翌日午前中に地場の温泉であたためて師を駅へ送る。

穏やかな日差しの下、テラスでコーヒーを飲んでいるときだった。向かいあって座っている師の顔に、大きな真っ赤な蜂!

これはマズイ、毒強烈な蜂が、額に首にぐるぐる飛んでいるのである。

「マズイ！　小林さん、逃げて！」

師は、タバコをふかしたまま、まったく動じない。「逃げて！」とくり返したが、

「いい、大丈夫だよ」と、眉も上げず目を閉じている。

蜂は、師の鼻に止まったり、胸ポケットの中や耳もとをしばらく舞って……、飛び去っていった。

こっちは腰を引き気味、ただ見ているしかなかったのだが、「あ〜、怖かったね〜」と言うと、
眠そうに目をひらきながら、か細い声でボソリ。
「はあ〜、い〜い、羽音だったよ〜……」
——師、動カズ——。恐るべし。お釈迦さんのようであった。

昼も夜もその存在は誰よりも透明、でもその落とす影は誰よりも濃い。

炎天下、真夏の大樹の下に痩せた老人がたたずんでいる。

多くの人は気にも留めずに行き過ぎてゆく。そこにもし、その足元に目をやる者がいたら、ハッとたじろぐに違いない。木陰の中に、それより濃い影がくっきりと見えるのだ。小林さんは、都会にあって、奇跡のように自然に添って生きている。人間社会の中での存在感など一切主張しない。だから多くの人は、目の前にいても気づかずに通り過ぎてしまうだろう。誰知ろう、その生み出す思想の色濃さと、自由さと、過激さを。この、『野の哲人』の足元に広がる影は、いよいよ深い。

俺は、この小林さんによって、素材や色をただ見るだけではなく、「見る」と「想う」を、同時に持つことができたのだと思っている。師の名文はいくらでもあるけれど、最近の師の心情が汲みとれるものを以下に記す。

油蝉が鳴いている…

暗い頭蓋の奥に遠い少年の日の記憶を探す。
夏の川遊びの淵で冷たい谷川のよどみの上に降る蝉時雨…。
ふと、無政府の事実という言葉を思い出す。

法も国家も民族も国語とも無縁な、ありふれたとるに足らない風景に、
いまの私は無政府の事実をみるのだ。
ユイやモヤイの団結の力を支えている無償の魂というもの…
近代の自我でもなく、主体でもなく、自意識でもなく、個我でもなく、
魂というしかないものの中に無政府の事実は生まれる。

土蔵の荒壁のヒガキ（左官鏝《ごて》の跡）や打ちつけられた泥だんごの指の跡に
私は無政府の事実と無償のエネルギーの祝祭の残響を、
蝉時雨の森のごとき魂の風景をみる。

風景の中に無政府の事実がなかったら、
その風景は死んだのだ。

小林　澄夫

失われた国土

ひまわり色

以前から福島の色土を採取したい思いがあって、

二〇一三年七月の終わり、福島へ行った。

郡山駅からレンタカーに乗り込み、「放射線測定器を貸してくれる人がいるから」という同行者の力を借りて、まずは最低限の情報収集をするため、川内村へ向かった。

線量計の使い方は簡単だ。電源を入れるだけで数値が出る。

国の定める基準値は『0・23マイクロシーベルト毎時』、これを元に判断してください、と借りうけて出発した。

土を探すといっても目的地はない。

行き当たりばったりで県道や山道をあてもなくひたすら走る。

ときには広い道路から枝別れした細い林道を、行き止まりまで登っては戻ったり……。

土を採取するときは、ビニール袋に取り込む前に放射線量を測って写真に収める。

いわき市の街道沿いを走っていると、その途中の村々には、野積みされた黒い大きな土のうがあちこちに点在していて、汚染された表土が詰められていた。
測定器を近づけてみると『0・7~0・9』を表示していた。
そうして我々は双葉郡を通り、福島第二原発付近の、最近まで立ち入り禁止だった区域を進み、これ以上は進めないという警察の検問所を見て引き返したのだが、
その光景は不思議なものだった。

◆双葉郡を抜けて少し進むと、保育園があったが、もちろん子どもはいない。教室前の広場の真ん中に、伸びて風に揺れているススキや雑草
◆ホコリをかぶった暗いコンビニエンスストア
◆バケツが転がったままのガソリンスタンド
◆道沿い、開いたままの住宅のカーテン。玄関先にタイヤを突きあげて転がっている三輪車

山あいに広がる原野に、数百数千の黒い土のうの野積みが防波堤のように続く風景を呆然と眺めた。その原野のみどり隆々と茂った遠い景色に、妙な違和感を感じていた。

「うん？　まさか？　この原野、本当は水田が続く風景だったんじゃないか？」
不自然な『無人』の静かな風景が、急にそら恐ろしく思えて、
草と太陽だけが自分に焼きついたあと、〝終わっている〟という気配に寒気が走った。

◆数台前を走っているパトカー。パトランプをまわして立っている警察官

二十〜三十メートル先に検問が見えてストップする。

ここで窓を開けて測定器の電源を入れてみると、警報が止まなかった。

数値『26・3』……。まさか⁉

落ち着け、もう一度……。『24・6』の警報音。


一瞬にして気持ちが動転し、土の採取なんて考えられなかった。ここから早く離れたい——。

放射線の知識がないぶん、怖さだけがただ先だって、逃げるようなUターン。

五キロくらい走ったろうか？　電源を入れると線量計は、また警報を鳴らしエラーを表示している。

「この機械壊れてる？　それとも電池切れ？」

何度計っても数値がエラーを示す。

〝もしかして……、ふり切ってたりして……？

そんなわけはない。少なくとも人がいるんだから――〟

その間、なんど計っても『20』『18』『14』。

いわき市内に入っても『11・45』を示して警報が鳴り、そのあと『0・35』と数値が変わる。


ホットスポット⁉

それとも一瞬吹き抜けた風か⁉


信頼できない測定器がいっそう恐怖を募らせて。でも放射線はいまも漏れているのが現実。

結局、なにがなんだかわからない。安全だという情報も、機械も信じられない。

むしろ、機械や情報を鵜呑みにすることが命取りになるのでは？

見えない、匂いも痛みもない、なんだかわからない。

もう、人は住めない、近寄ってはいけない。

それが実感。それだけがわかった。

＊

二〇〇一年、子どものころから「ここでやってゆくんだ」と決めていた会社を、十四年間働き詰めの末に、追われるように辞めて独立したときを思い出していた。

車もなければ、道具もない。それより、なにより、一番苦労したのは土地だった。

人生を賭けた独立に、借地の出発なんて考えられなかった。

まず自分の場所が欲しい、生きる基盤がなければはじまらない。

ようやくここだ！　と見染めた休耕田の売買交渉に、持ち主である老人は首を縦にふらず、夏の夕陽に照らされた畑で、俺は一時間近く土下座した。

そうしてやっと承諾をもらい、なけなしの金をはたいて手にいれた三百坪の休耕田に立って、俺は仲間にこう呼びかけていた。

「仕事はない、資材もない。これからどうしてゆくかの手だてもない。けれど、この三百坪は俺たちの自由な場所としてある。なんでもいいからはじめよう。どうだ、畑を耕してみないか」

土地がどれだけ大切か。不動産取得がどれだけ難しいか。土地とは、金だけで解決のつかない、運をつかむようなもの。独立以降、そんなことを体験してきた十四年間であった。

それがいま、走行した数十分の視界すべての土地に放射線が降り注ぎ、あの検問の先は、一時間なのか二時間なのか、見渡す土地全部が価値を失い、生きることからかけ離れてしまった。

〝戦争に負けるって、こういう雰囲気なんだろうか？〟

一度刷り込まれた恐怖心は、膨らみ続けた。

走行中、道路脇に咲いている鬼ユリは狂い咲きしているように見え、花壇に植えられているひまわりは、まるで破裂しているようだった。

安全な区域だといっても、あの広大な土地すべて除染できるわけはなく、山林除染は不可能だと聞けば、「土は、もう恐ろしいもの」と思われてしまう。

まして川や水たまりは、土よりもっと放射線が集積しているに違いない。

風向きが変わるたびに不安と過敏が入り混じる。

土や水や風が、命の危険を脅かすものに変わってしまって、
どうして人が生きられるだろうか？

毎年毎年、最近は季節が変わるたびに、雨、雪、風が観測史上最高を記録して、海が、大地が、人間の計算をはるかに超えた現象を起こしているのに。

事故は日常にこんなにも溢れているのに。どうして、再稼働の安全性が確認できるのだろうか？

福島から戻って……。関西の人気情報番組を見ていると、再稼働の是非について、野田政権時代に閣僚を務めた大学教授が、こんな発言をしていた。
「国民は選択しなかったんです。そういう選択をしなかったから、民主党が負けたんです。今回、参議院で自民党が勝ったんです。だから脱原発はやらない！」（ママ引用）
平然とした顔で、当然のような口調で、サラサラと言い切っていた。
テレビを見ていて、こんなに憤りと許せない気持ちを感じたのは、はじめてだ。

一週間たっても忘れられないところに、ニュースで福島の女の子が
「お母さん、私、被曝したの？」と聞いているシーンを見て、胃が痛むくらい息苦しくなった。

いくらバラエティーとはいえ、どうしてあの大学教授の発言が社会問題にならないのかと、苛立ちがおさまらない。

この人の言ったことは、この人の理屈では正しく、社会的に堂々としている。なぜなら、

「改選議席が一つの福島で、再稼働を公約としている自民党が勝ったのだから」

暗に、福島が再稼働を認めてるんだよ、それは民意だ！　と言いたいのだ。

すべては経済が未来を築くと、頭で考えているに違いない。
東京に原発を作るという議論になると黙っている。
そして、技術が確立されていれば、安全も確立されているという論理に立っていて、
そこに、生きる人間の不安定さや誤謬《ごびゅう》性は想定されていない。

話は簡単、体験がないから、現場に潜む魔物を知らないのである。
実践や現場の矛盾をなにも知らず、新品のヘルメットを用意され、
「偉い人が来るから」と何日も作業を止めて、
「あなたのために」準備し整備された見学コースを巡回してきたのだろう。

けれど我々は、自然相手にいろんな人との関係の中で仕事をして、
いつも想定外を当たり前としてとらえているから、
「そのときどう対処しようか？」と
現場で起こりうるあらゆる失敗を念頭に置き、、やり直しばかりを考え続けている。

福島第一原発の事故以来、「使うはずのないポンプが動いて、数百ベクレルの高濃度汚染水を間違って移送した」「タンクの連結部が破損した」「ボルトで締めてあるパッキンから水漏れしていた」など、汚染水処理に関する人為的ミスのニュースを、何度聞いたかわからない。

水を相手に、ボルト締めのパッキンなど意味がないのだ。髪の毛一本の隙間から、自分たちが眠っている間も絶えず漏れて巨大になっている水。地中を凍らせて地下水を防ぐという計画の記事を見たとき、うまくいくわけない、とバカらしくなった。頭だけで考えている者の典型的発想に、金と時間をまた捨てる。仮に、「完璧に止まりました」などと言っても、かならずまた漏れる、と仲間に断言した。案の定、全然うまくいっていない。報道より現場はもっと深刻に違いなく、またひとつ未来に問題を作ったようなものだ。

事故から四年。

放射線がいまも拡散しているとすれば、拡散した地域の水たまりはまさしく放射線の溜まり場。福島の林道の水たまりに、鳥肌が立ってしまった俺。

いまも山々に降り注いでいる放射線は、四年分の膨大な枯葉や腐葉土の隙間に埋没していて、放射線の粒は水に気まぐれに運ばれて、低いところで集積する。

放射線は思いもかけないところに現れ、現れては消える。空気と水によって自由自在に移動している。そう考えて自然である。

〃──要するに、お手上げなのだ〃

人為的なミスが繰り返されるのは、意識や技能の問題ではなく、その体験と身体が、本能的にお手上げ状態であることを感じているからではないか。

ＮＹの個展でこんな詩を添えた。

世の中で、もっともやわらかいものが
世の中で、もっとも固いものを
思うがままに突き動かす。
それが水であり、空気である。
〃壁は水の抜け殻〃
私は土を扱っているけれど
ここにある表情はすべて、水の痕跡なのだ。
自然の痕跡は美しい。
移りゆく自然は、私たちの想像をはるかに超えている。

水はこの両腕の中にあって
私の自由になり、

この身の丈を超えたとき、水は計り知れない謎になる。

いつも弟子たちに言っている。
「左官は土を塗っているのではなく、水を塗っているんだ」と。
壁の小さなサンプル制作ではタイミングよくできあがっても、
いざ現場に入って身の丈を超えたとき、そこでかならず水に関わる魔物に惑わされる。

——失われた国土。

福島の水と土と空気で、土壁が生まれることはもうないのだろうか。

『国破れて山河あり』の指す意味は、
指導者が命をかけてでも絶対譲れない、未来に繋ぐ最後のバトン。
そんな想いで眺めた福島の風景。福島の土の旅。

日本への怒り

緑色

二〇一三年一月八日から二二日まで、NHK・BSの『旅のチカラ』という番組収録のため、キプロス島へ行っていた。

番組制作会社から、この番組への企画を持ちかけられたのは計四回。
「まだ企画段階の話なのですが」と前置きし、それぞれ別々の制作会社から
「世界のどこでもいいのですが、なにか目的や、強い想いのもとに行ってみたい場所や、見てみたいものはありませんか？」と言われた。

その二年前、フォンテーヌブローの森やブルゴーニュ、ブルターニュを旅したことがあった。パリの大学教授が「フランスの土や石、そして自然をお前に見せたい」と案内してくれたのである。そんな旅の途中、陶器の原土を精製しているところを訪ねたときだった。そこで販売されていた化学顔料をなにげなく見ていると、その一角に『Pigment Naturel』と表示してある天然顔料があった。そして、その中のひとつの容器に目が止まった。そこには、緑の土系顔料が陳列されていた。

もしや……!!

いつか小林さんから、ヨーロッパ取材の土産にもらった、片手に握れるほどの小瓶の緑土。
長年土を探し求めてきた俺は、
「こんなに鮮やかな天然の緑があるのだろうか?」と疑心暗鬼に思っていた。
それがいま、『Pigment Nature』のラベルを目の前にして、
やはりこんなに鮮やかな天然緑土は存在したのだと
まるで超常現象に遭遇したかのような驚きと感激を受け、胸がドキドキした。

けれど、それでも、平気でウソがまかり通ってしまう時代。とかく世の中はまがい物が多い。
天然の青だと、ラピスラズリなどの貴石を砕いたものがあって、
緑は鉱物系のマラカイトという貴石があるけれど
残念なことに鉱物系には粘性がほとんどないため、
左官塗りとして鏝《こて》で伸びやかに塗れる性質ではなく、用途も限られてしまう。

無理を言って少し手にとらせてもらい、プッと唾をはいて混ぜてみると……、なんと粘りがある。これが本当に天然ならば、おそらく粘土に違いなく、それは夢にまで見た『緑土』なのかもしれない。胸が高鳴った。すぐ、「この原料はどこから来たのですか?」

「この販売元はどこにありますか?」

いろいろ聞き出そうとしたが、外国人特有の首をかしげた表情で、両手を広げて
「Je ne sais pas.(わかりません)」と返ってくるだけ。

しつこく通訳を介してこの気持ちを伝えても、シークレットになっているとか、聞けば聞くほど見当違いの話に変わり、煙に巻かれるような答えばかりが返ってくる。

結局、幻の緑土への手がかりはつかめず、想いを募らせたまま帰国せざるを得なかった。

*

そこに、この番組企画の話が持ちかけられたのである。

「もしあの緑土を探す旅なら、どこへでも行くよ!

だけど、ヨーロッパのどこかにあることがわかっているだけで、なにもわからないけどね」

そう答えておいたところ、一か月ほどたって連絡がきた。

「秀平さん、いや〜、苦労しましたけど、緑土の件、なんとか手がかりを得ることができました。緑土、つまりテールベルトは、ギリシャ正教のイコン画に使われていた顔料だったのです。番組の件、よろしくお願いします」

NHKの情報収集能力はたいしたものだ。

さらに、「秀平さんは疑り深いから、少しだけ話します」と言って続けた。


「緑土は、紀元前からヨーロッパの希少な顔料として、特に宗教的なフレスコ画やイコン画に使われていたようです。世界に採掘可能な場所は四か所だと言われていてひとつはチェコ、そしてもうひとつはロシアにあることは確かなようですが、場所が簡単に特定できません。残り二か所は、キプロスとイタリアのヴェローナです。ヴェローナは掘り尽くされたという話もありますし、しかも、緑土は相当貴重なものらしく、ライフル銃を持っての厳重な警備がついているらしいんです。ですからここはやめましょう。

となると、残るはキプロスです。調べたところでは、紀元前からキプロスは最も鮮やかな緑土が出る産地で、近年、ルーヴル美術館が探しに来たこともあったそうです。でも見つからず、キプロス鉱物省に保管してあったものを分け与えたという役人に会いました。しかし、その産出場所は、いまのところわかっていません。ですが、わずかな糸口はつかみましたから、一緒に探しに行きましょう！」

こうしてキプロスの旅がはじまったのである。

それにしても、なぜ緑土のことが、こんなにもわからないのか？ 今やキプロスでは、宗教画の緑はほとんど化学顔料にとってかわり、緑土が使われていたことさえ、忘れ去られていたのだ。

手がかりは、キプロスに住むイコン画家から紐解かれる。イコン画家＝あるひとりの司祭が、昔ながらの技法を貫き、天然緑土を採取して描いていることを突き止めたのだ。彼からその緑土を採取している場所をなんとか教えてもらい、キプロスに入って十日目、ようやくある山村にたどり着いた。

日本の地方でよく見かけるような、旧道に面した寂れた喫茶店に入ると、杖をついた四～五人の老人たちが、おしゃべりをしていた。

平均年齢八十歳を超えた老人たちは、今から五十年前までは緑土を掘ることで生計を立てていた。しかし、化学顔料の普及によって緑土が不要になり職を失う。以来、農業をしながら、貧しい隠居生活を送ってきたという。

「俺は緑土を求めて、はるばる日本から来た！もし、あなたたちが緑土を知っているのなら、どうかこの手に握らせてほしい」

そう懇願すると、老人たちの顔が、少し沸き立つように見えた。

「それはテールベルトだよ」

「わかった、わかった。では、ついて来なさい」

老人たちは誇らしそうに、みんなで俺を案内してくれた。

その場所は、家ひとつない見渡す限りの草原地帯で、遠くに教会がポツンと見えた。

大風景の人けのないオリーブ畑で、老人の一人が「この辺りの斜面だよ」と指さした。

すると、岩と岩の裂け目に、小さく深く現れている緑土があった！

興奮した俺は、その裂け目をむさぼり掘った。


くわえていたタバコのことさえ忘れていた数時間。

足腰の痛みも、傷だらけになってゆく手のことも忘れ、醜いと思われることも気にせず掘り続けた。

そんな自分に老人たちは笑いながら
「そうじゃない、掘り方があるんだよ」

「俺たちがもう少し若かったなら、お前に教えたいものだよ」

陽が沈みかけると老人たちは、

「残念だが、もう膝が痛くて立っていられない」と、淋しげに帰っていった。


同行しているディレクターが望むプログラムを精一杯こなして、あまっている時間を緑土採取にあてでもらい、一キログラムでも五百グラムでも手に入れたい一心で、時を惜しんで掘り続けた。

キプロスでの最終日。

ディレクターから、「これが最後の収録になります」と言われ草原地帯に座ると、「さて今回のキプロスですが、秀平さんのあの緑土への異常な執念はなんだったのですか？」確か、そんなコメントが求められた。


――このような意味合いを答えたと思う。


デフレ経済の話で、よく失われた二十年という言葉を耳にする。

安く早くが厳しく求められ、社会保障の話題の影で我々職人世界はもっと深刻を極めていて、自分たちのまわりにいる、腕のある職人たちがどんどん廃業に追い込まれ職人の腕や技を目利きしてくれる人びともいなくなってしまった。

職人を守る政策を、直接実感したことなんて一度もない。

『テールベルトを掘り続けた老人たち』が頭に浮かんでいた。
職人の側から言えば、失われたどころか、消えた二十年と言ってもいい現状なのだ。

自分がそう吼《ほ》えると、いつでもどこでも、かならずこう発言する人が現れる。
「いやいや、日本のものづくりは世界に負けない底力があります。
かならず本物は生き残りますよ。逆に本物でなければ生き残ることはできません。
だから大丈夫です。なんと言っても、日本はものづくり大国ですから」
まるで判を押したように、きまって同じ言葉が返ってくる。
そうした表面的な慰めの言葉を聞き続けて、二十年が過ぎた。

正直、もうそんな話はうんざりで、
この言葉を聞いた途端、俺はその人を信用しなくなる。
それは、現実直視を避けるための言葉として、マニュアル的に使っているのだろう。
そういう人の言う『ものづくり』は、【手工芸的な職人技】と、【建築的な伝統技能】、

【大田区の町工場の近代技術】とがごっちゃになっていて、なにもわかってない。単なるきれいな一般論を言っているだけで、聞くに耐えない。

いま、自分が親方と呼ばれるようになって、自分のもとで懸命に努力している若い衆に、〝未来を目指す左官の夢を、現実的にどう語り、実践していけばいいのだろうか?〟それを考え続けている毎日なのだ。

難しい技能を厳しく指導していても、果たしてこれは、未来の日本に必要とされるのかと、そんな疑問に迷ってしまう。

今回、この緑土を強欲にむさぼり掘ったのは……。

もちろん自分自身が幻の緑土を塗ってみたい、使ってみたいという思いはあるけれど、一番の思いは、自分のための欲ではない。

この一生に一度かもしれないキプロスの原野で、持てるだけの緑土を探したい。
持てるだけの緑土を持ち帰りたい。そして、若い衆に言いたかった！
「お前たちの夢として、お前たちがいつか、お前たちの考えで、
ここにあるほとんどの緑土を使う日が、かならず来ると信じてがんばれ！」

カメラの前でそう話し終える直前に、感情がこみあげ、
泣きそうになって踏みとどまった。

『旅のチカラ』
今回、この番組のキプロスの旅によって得た緑土は、
ローマ帝国の緑であり、敬虔なギリシャ正教のイコン画の中心的な存在の緑であり、
まさに、『地球のエキス』『大地の緑』なのである。
いま、『職人社秀平組』は、いつかの未来に、緑土を塗る夢を持てたと信じている。

これからの若い者へ、どうだ！　と渡せる夢だ。
この緑土で、壁を塗ったらどんなにドキドキするだろう。
緑がどんなふうに、空間に見えるだろうなあ……。
親方として緑土を持ち帰り、少なくとも、ひとつは託せるものができた、と。

『テールベルト＝大地の緑』

俺はそのために、たとえ醜くとも、むさぼり掘った。

鏡のあいだ
闇色

通りすぎる電車
鳴り渡るクラクション
地下から吹き上げている、排気と体温の風。

都会の雑踏にひとり、無表情に流れる雑音に埋もれていると
混沌とした日常から、ふっと切り離されて
　景色が、ガラスのビルが、ゆがみはじめる瞬間がある。

慌ただしく過ぎゆく人びとの響きにビル群が覆いかぶさり
人混みを飲み込んでいるように見えて……、我に返る。

深夜。
不意を突かれてふり向いたその瞬間、
　強いライトに視界を奪われて立ちくらみ、うずくまった残像の中に。

穏やかな冬の雪面にひとり、鮮明な樹立ちの光と影の境界に引き込まれ
自分を失っていた空白。

意識が奪われていた、ほんの数秒間
この目の中に無防備に流れ込んでいた景色。
連れ去られていたような一瞬の空白にいた自分は……
なにか解らぬ者に、あやつられていたのだろうか？

幼いころ、意味もなく泣いていたのは
いつも隣りあわせに感じていたこの空白の気配に怯え
それを母親に伝えられず震えていたからかもしれない。

いつのころからか、この解らぬ気配が、いったいどこからくるのかを探るようになった。
自分の網膜に残っている、とぎれとぎれの画像をつなぎあわせて

無意識の中に見ていた気配を、再生してみる。
すると、あるひとつの像がぼんやりと浮かんでくる。
鏡と鏡のあいだに立ち、
　対峙して映っているその向こう側
　うす暗い鏡のその奥に背を向けて立っている
　　自分の知らない別の意識がいるとしたら……
頭の中でもなく、心の底でもない
説明がつかない別の意識が自分の奥底に重なりあって潜み、
不意を突かれたときの空白や
　心を奪われていた自分を、
　　背後から睨み、あやつっているとしたら。

自分の内側深くに、恐ろしくて険しい者が棲み
　　　おぞましくて醜いものを抱えているとしたら。
　　　　　そんな不安に苛まれてしまうのだ。

そこは
薄暗くじめじめと湿り、物音もなく、風もなく。
黒く透明なにかと、澱んだなにかが
ぼんやりと入り混じってなまめかしい、生温かなところ。

そこにいる、自分の知らない別の意識を持ったひとりの影は……
じっとりと汗ばんだ皮膚を光らせ、
　　　ヌメついた背中を向けて、黙り、自分を見つめているのだ。

気配にふり向いた自分が垣間見ようとする瞬間に、

孤独な影の存在は、すっとその気配を消してしまう。

おぼろげなうしろ姿は
自分と同じ身体を持っていながら、……まるで違い、
顔つきも
身の丈も
指の形も
声も、推しはかることはできない。

けれどその心の内は、深く繋がっていて

とぎれた点線や言い表せない色模様
不吉で苦々しい胸騒ぎとなって、漠然としたイメージが伝わってくるのだ。
たぶん孤独な影は、

悪辣と嫉妬でできた、この内面に刻み込まれている醜い心の塊。
背中あわせにある不気味な光景が、湧き上がってきては取り払えず、
幼いころから、汚らわしい嫌悪感として人に打ちあけることさえできずにいた自分。

ある旅の途中だった。
数日間、抜け殻のようになった身体を横たえ、倒れてしまったことがあった。
疲れ果て、力ない弱々しい息を吐き
全身が宙に奪われてゆくような浅い眠りにうなされていたとき、
あのうす暗い鏡の奥からの声が、聞こえてきたのである。

夢とも現実ともわからぬその声は
横たわった背中の下から歯ぎしりをするような唸りを響かせ、
奪われそうな身体を、必死に繋ぎとめてくれているように感じられた。

その唸りは、悲しく傷つきながら……
まるで、力尽きようとするようなせつない響きだった。

……それからというもの。

いつもの景色、晴れた陽ざしの道を歩いていると、
見慣れているはずの一つひとつが、
あまりに澄みきって見え、目に焼きついてしまう。

葉群れの中の一枚の葉脈、
立ち並ぶ樹林の芽吹きの切っ先の破れ目。
鮮明に浮き立つように見えてしまうその一つひとつが、痛みのように感じられて
夢に聴こえていた唸り声が蘇り、目の前に広がっている景色の中に
頭の中でもなく、心の底でもない影の、

錯覚を重ねて見ているように思えてしまうのだ。
この、くっきりとして破裂してしまいそうな光の視界……。
おそらく、
いま自分は、孤独な影の視線を持って、この景色を見渡しているのだろう。
そんな不思議な感覚にとらわれていると
あの、とぎれとぎれの画像が
前にもまして、身近に感じ取れ
ぼやけながら繋がりはじめているのである。

胸元に両手のひらを広げ、
立ち続けていなければならない約束に縛られ

じっとりと汗ばみながら手のひらを見つめている。
首以外の部分を動かすことが許されず
黙り、膝も、腰も、肩も動かせず
背を向けて立っている姿。
背を向けた孤独な影の両手のひらには
瞳孔をいっぱいに開いてやっと解るほどの薄いガラスのケースが
どこからともなく、降りてきて……
その手のひらに届く直前で、割れてはこぼれ落ちてゆく……。
かすかな光を帯びたガラスケースは音もなく
かたむける視線のチカラでひび割れて
薄く透けた花びらのように、ハラハラと舞い落ちる。

ケースは、割れても割れても再びセットされ、
　　薄氷のようなひび割れが走るたびに
　　　ハラハラとかすかな光に舞うのである。

それは、生きるすべての響きに連動して
それは、喜怒哀楽に心がゆれると、そのつど割れて

ガラスの欠片は、皮膚をかすめて足もとに
　　うっすら光、舞い落ちて、
　　　こぼれ積もっているのである。

背を向けている影は
わずかな光と闇の鏡のあいだ、とらえどころもない場所で
自由奔放に生きる自分を無条件に受け入れ、すべての行ないを見つめている。

内面に刻み込まれている

醜い心の塊だと感じていた存在は、

傷つき削れてゆく、命の塊そのものに違いなく……。

いま、こぼれ積もったガラスの欠片は

背を向けて立ち尽くす姿を

どこまで埋めたか解らない。

いつか欠片は、膝を、胸を埋め

やがてはその口を埋め、息を止める。

それは同時に、自分自身が消えるときなのだろう。

ある左官の死

黒色

ひとりの左官が死んだ。

知らせを聞いたのは、葬儀が終わったあとだった。


その左官は、自分に土の世界の入り口を開いてくれた人、キッカケを作ってくれた恩人だと思っている。

出会ったのはちょうど三十歳になったころだった。

ある現場で一日だけ一緒になって、会社のスミにあるボロボロのプレハブに案内し、「ここが僕の左官研究所です」などと言っていた俺。


まったく独流。

ただ木枠の中に、土、砂、藁を混ぜて塗っただけの中途半端な土壁の試作を恥じらいながら見せて、

「実は俺、土壁の基本をなにも知らなくて。

でもやりたくて、ただこうして塗っているだけなんです」と、苦笑いしながら、別れた。

翌週の日曜日の午前、研究所に行くと、そこに左官がいた。

突然の訪問に「どうしたのですか」と聞くと、

「ちょっと遊びに来ただけだ」という。

左官は、『渡り職人』（全国の現場を転々と回る職人）という肩書きの名刺を手渡したかと思うと
「ほら、お前が使ってる藁スサ、ここに小さな藁の節があるだろう？
こういう節の入ってるスサはダメなんだよ～。じゃあ、お前が使っている砂を見せてみろ？」
と一日中、素材の話をし、塗り見本を試して帰っていった。

次の日曜日。

まさかと思いつつ、少し早めに研究所に行くと、また左官はいた。

「あれ～、何時にここに着いたのですか？」と聞くと
「もう、朝6時からいるよ」と左官。

「さあはじめよう」

左官は、名古屋から二時間三〇分の道のりを、車で走ってきているのだった。

あれこれと、もっぱら基本的なことを一日習い、一泊してもらう。

技能の話は、朝から晩まで、深夜零時を過ぎても終わらない。

いつのまにか、コクリコクリと眠ってしまう俺。


左官が何歳なのか？

生まれはどこなのか？

家族はいるのか？

そんなことを尋ねる隙間など一切ない左官の講義は、日曜日の度に二か月ほど続いた。


左官には、ひとつの夢があった。

『漆喰黒磨き』という、一度、途絶えてしまった左官技能の復活である。

『漆喰黒磨き』は、日本の土蔵扉の塗り方のひとつだ。観音扉という両開きの内側の土壁に

【石灰】【海藻のり】【麻の繊維】で作った漆喰を塗り、
その上に【墨】と【石灰】と【海藻のり】で作った材料（黒ノロ）を塗っていく。
材料や、道具である鏝《こて》の鉄質（地金、半焼き、本焼、鋼《はがね》）を使いわけ、
雲母《きら》や砥《と》の粉を使って、最後は手のひらで磨きあげる。
すると、黒壁が鏡面のように光り出すのだ。熟練の左官でも、一日一枚仕上げるのが限度。
硬く強く、百年が経っても黒い輝きを失わないという、左官究極の仕事と言われている。

だが、その技能の継承は途絶えてしまった――。
全国の左官が解明の努力をしているが、あと一歩がわからない。

石灰の質？　石灰と墨の比率？　それとも混ぜ方？　海藻のりの濃度？　種類？
素材の採取の季節？　漆喰の塗り厚み？　漆喰の糊の比率？
鏝の種類？　それとも鏝の形？　鋼の種類？　あらゆるタイミング？
疑問は数限りなく浮かび、八十％は解明できても、あと二十％は謎のまた謎。

少なくとも二十五年という歳月をこの黒磨きの追究に注ぎ、全容をつかめないまま、その左官はこの世を去った。

いまから十四〜十五年前、その左官から電話がかかってきたことがあった。

興奮気味にこう言う。

「新潟の土蔵をあちこち巡っていたらなあ、見事な黒磨きがあったんだよ。それで、その持ち主といろいろ話していたらなあ、この黒磨きをやった職人が、まだ生きているって言うんだよ。歳は、八十を超えて引退してしまっているんだけど、頭はまだしっかりしているって言うからすぐ訪ねていったんだ。それで色々聞いたら、多少、耳は遠いんだけど、『その黒のやり方はいい』とか、『この墨は質が悪い』とか、『この石灰は光らない』とか教えてくれるんだよ。すごいんだよ、たいしたもんなんだよ。

それでなあ、これが最後のチャンスかもしれないから、この老左官を招いて、四～五日間の勉強会を開きたいと思うんだ。お前も、来ておいた方がいいぞお～」

数日後、『壁を磨いて、腕の錆を落とす学習会』と題された勉強会の案内状が届いた。

「各自、自分で、漆喰下地の土壁を持参するように」と指示があり、新潟まで車で走った。

いまの俺の黒磨きの工法や知識は、このときの老左官と左官の流儀で覚えたものである。

左官は、この老左官の黒磨きの工法を軸として、目指す黒への情熱を注ぎ続ける。

しかし、一旦完成はできるものの、時が経つと、どうしても納得のいかないひとつの問題が、いくつもの疑問を浮きあがらせて……。

やがて老左官の話も聞けなくなり、それでも左官は、黒磨きの夢を追い続けた。

黒磨きの復活に、人生を賭けると決めつけているように。

「黒ノロは作ってから三年じゃなく、十年は寝かせないとダメかもな」

「いろんな『松煙（墨）』を試してきたけどな、墨の問題もあると思うんだよ。どうやら昔は、『濡れ羽カラス』という名の松煙を使ってたって聞くんだが、でもそれが見つからなくてな〜。もう作ってないのか？　わからないよ」

「俺かぁ……。現場らしい現場はないけど、私的な講習会とかやってほしいっていう話があって、そういう場でこそ、黒のいろんな試しもできるから。
ま、銭金《ぜにかね》にはサッパリなんねえけど、そんなとこだよ」

「いま、黒が光りそうないい鏝があるんだけど、値段を聞くと、とっても高くって買えねえよ〜」

「土蔵の新築の見積もり依頼があるんだけどな、やっぱり俺は手ぇ抜きたくねえし……。競争相手の値段はこっちの二分の一だから、仕事取られてしまって、黒どころじゃねえよ」

「仕事がなくてなあ、だから黒の研究だってできねえよ。ま、でも、黒の材料の管理とか、鏝も錆入れらんねえし〜、それだけでも時間が足らねえもんだぞ〜」

「どんなに腕や思いがあっても、結局はそれを見極めてくれる人がもう世の中にはいないんだから、黒どころか、職人も残ることは難しいよ。もうしょうがねえよ〜」

「……しばらく体を壊してなあ〜。退院したんだけど、黒は体力がいるし道具だって錆入れられねぇから手入れしなきゃなんねえし。このあいだ、少し黒ノロは作ってはみたけどなあ、金もねえしなあ。たまに、若い者が話し聞きに来たりするから相手したり、細々としたもんだよ。いまは少し、畑仕事をしているよ。まあ、やりだしゃ、畑も楽しいもんだぞぉ〜」

ここ十年近くは、年に三～四度、「元気ですか」と電話をする程度だった俺。たぶん俺がメディアに取り上げられたり、新しい左官の表現をはじめたあたりから、黒磨きを突き詰めている左官からすれば、道を外しているように見えたのかもしれない。


電話をするたび、俺はそれを敏感に感じとっていた。

しかし俺も、同じ黒磨きを習い、いまも黒に憧れ、黒がいかに究極の日本の塗り壁であるかを知っているひとりであるとき、世の中から、「大丈夫だよ、かならず本物は残るから」

「本物は廃れることはなく、かならず求められる時代が来るものです」

と綺麗な言葉をかけられるとき、
俺の中にどうにもならない、どうにも収められない塊が、身体中に膨れあがる。


本当なら、左官に、畑を耕している時間はなかったはずだ！

またひとつ黒への道は遠ざかり、またひとつ職人たる気質が消えた。

誰も現実の職人の状況なんてわかってはいない、知ろうともしていないのだ。
そのあいだに、腕に誇りのある職人、プライドのある職人ほど
いつのまにか黙って商売をやめてしまっている。
そんな例をどれだけ聞き、どれだけ職人がいなくなったか！
そして同時に、本物の材料を作っていた職人たちも消えていく。

すると世の中はこう動き出す。

それに似た化学的な材料を開発して
「このようにして、かつてとそっくりな物ができるようになりました」と。
「本物はかならず残る」という言葉はむしろ、
消えてゆく残り時間の秒読みのように聞こえてくる。

そのような黒の復活は、左官が生み出し受け継いできた黒ではない。

まして、世界を魅了する日本の黒ではない。
口下手であるが故に、生きることに不器用な故に、ひっそりとこの世を去った、ある左官の死。
そうした職人の死に直面するたび、
小さな集団の解散を知るたび、
技能を伝えることもなく引退してゆく名工を見るたびに、
皆、なんの手もさしのべられず、次々と時代に潰れている現実に、
世の中のすべてに怒りを感じる俺。

我々の前の、その前の世代なら、たとえ誰かが消えても、それに代わる誰かがいた。
しかし、いま消えているのは、皆、『最後の職人』かもしれないのだ。
近代以前の手技とは、千年の試行錯誤が探しあてた発見と奇跡の積み重ねで
金では買えないさじ加減と、数値化できない絶妙なタイミングの秘密が、
いま、どんどん途絶えてしまっているのだ。これは、水仕事の定め。
一度途絶えたさじ加減を復活させるのは、海の真ん中から一粒の石を探すようなものだ。

けれど世の中はなにごともなく、

テレビは、また同じバラエティーが映され、音声で仕込んだ笑い声がいつも通り流れている。

チャンネルを変えれば、◎◎産業研究所、△△総研のエコノミストやアナリストやらが、

日銀短観によれば好況感を持っている企業が増えているとか、

エッセイストや大学教授などのコメンテーターが

「日本は美しい、日本のものづくりは素晴らしい」と

いまだにディスカバージャパンの時代のようなことを言っているのを聞くとき、

当事者である俺たちは、なんという的はずれかと、別の国のおとぎ話のように聞いている。

町おこし、地域創生なども、

代理店やファシリテーターとやらが食いものにしているようにしか思えない。

これも経済最優先を謳う政策で、それがうまくいけば、『なんでもいい』。

「しっかりと、地に足をつけた政策をとっていかなければなりません」

もう何度聞いたかわからない、このコメント。

日本の職人の技能を守ろうという政策は、どうしてないのか。

あるというなら、なぜ職人に届いていないのか。


建築における職人仕事は、ひとりではできない。

激変の失われた二十年と言われる中で、しっかりと手の行き届いた仕事をこなし、まとまった仕事の契約をするには、五～十人の職人集団を組織していなければ信用されない。

しかし、仕事は切れる。

価格破壊してしまっている単価の中で
なんとか一家としての集団を維持するだけで必死なのだ。


そんな現状に追い打ちをかけるように、一律、年金機構から厚生年金加入の異常な圧力がかかり、集団が散り散りに分断させられてしまう。

人手不足というニュースは現場作業員の不足であり、職人の不足ではない。

我々職人は皆仕事の受注に苦しみ、法に泣いている。
――それが現実だ。

「本物は残る」
会話の中でこの言葉を聞くとき
　　　　俺は、ただうなずき、その人の言葉が聞こえなくなってしまう。
　　　　　　　　　　　　　　　　　　　　……そして、悲しい。

流れ者の桃

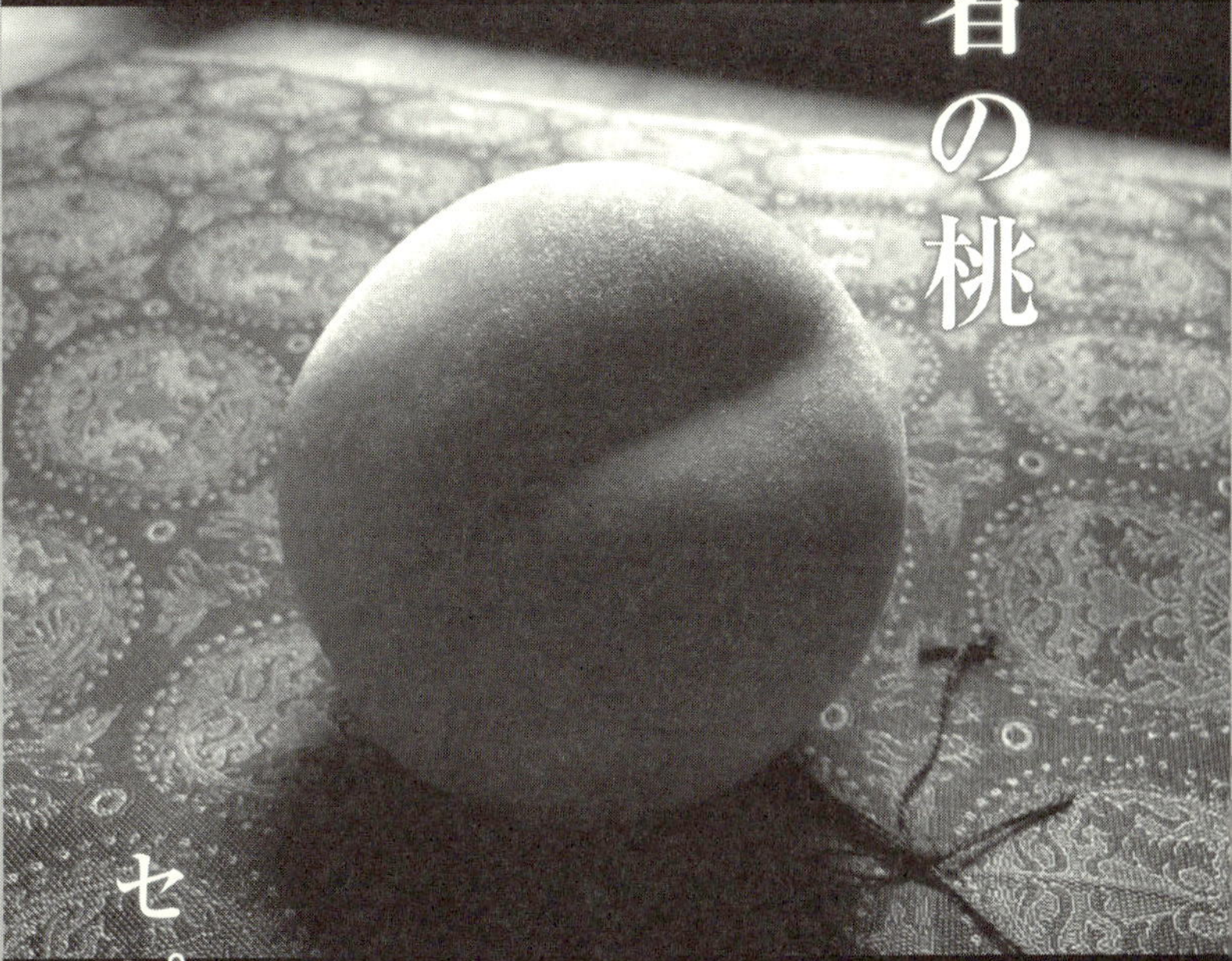

セピア色

待ち合わせは十九時半、
　　都内の交差点に立っていた。

この秋から始める
個人邸の打ち合わせを兼ねた食事である。

依頼主は、
「あなたの仕事ぶりはもう十分わかったから、
リビングと屋上、ゲストハウスの内装まで
どのようにでも一切をまかせるわ。

細かなことをいちいち言うつもりはないから、
心配しなくていいわよ。

でも、どうするかは事前に伝えて、

当然、わたくしにも好き嫌いはあります。
ただ十一月になるとわたくしの懇意にしている
友人を招く予定になっているから。
だいたいおわかりになるでしょ、
　十月末までには終わらせてちょうだい」

そんな、
ちょっと肝の座った人を待っていた。

　待ち合わせの十分前だった。
タバコに火をつけると電話が鳴った。
『ヤマサキ』という携帯表示に、
誰だろう？　と、思い出せない。

「もしもし」、出てみると、

「あ〜、秀平さんかぁ〜

あのなあ、『桃』好っきかぁ？

嫌いやないやろ〜

清水白桃いうてなぁ、日本一の桃やさかいなぁ」

「あの〜、すみませんがどういう用件でしたかねえ」と聞き返すと、

「なに言うてんねん、ワシや、

頼むわ〜、ワシやがなぁ〜」

「いまなぁ〜、岡山の現場におんねん、

昔、川原班におったワッシや、

あれから後も高橋と一緒に、しばらく世話になったワシやがなぁ～」
「おうおう、あのヤマサキさんかぁ！
なーんだ、どうした、久しぶりやなぁ」

声の主は
俺が三十代前半、
一か八かで巨大美術館建設現場の左官工事を一手に請け負って
一日七十名の職人を廻していた、あのころの職人のひとり
全国から職人をやみくもに集めて使った、
ガムシャラだった時代の
大阪出身の流れ者左官のヤマサキ、
十五年？　いや、もっとその前の声であった。

瞬間に、
たぶんもう、年のころ六十五歳を過ぎているだろうと浮かんだ。

「秀平さんよ〜、
いま思うとな、あんたと一緒に仕事させてもろうてなぁ、
ワシ、うれしゅうてなぁ。
いつも見とるで〜。こないだもなぁ、ありゃあニューヨーク行きよったんやろう?」

「そうや〜、テレビでなあ、
一生懸命なぁ、土集めて塗りよった。
なんとも言えん、気持ちええなるわ〜、
やっぱたいしたもんや」

「ワシゃあ、秀平さんのことはなぁ、ぜ〜んぶ見とるからなぁ」

「おうおう、そうかぁ、
な～んだ、あのヤマサキさんかあ。
久しぶりやな～、
仕事はあるのか？
元気にしてんのか？」そう返すと

「まあなぁ、
だいたい、こんなもんや。
ワシのことはもう、どうでもええ」

ほんのわずか、
声のトーンが沈んだように聞こえた。

「そんでな、ワシ、
みんなになあ、いつも自慢しとんねん。
挾土秀平の若いころ、ワシ、一緒に仕事しとったってなあ」
「けど、そう言うとなあ、
いつもみんながなあ、ホンマかいな、って言いよるけどなあ……。
まあ、そんなもん、どうでもいいけどなあ～」

「ずっと応援しとるさかいなあ～、
身体気ぃつけいや～。
ワッシ、誇りに思うとるからなあ、
　桃をなあ～、桃、好きやろ～」

声が聞き取りにくかった。

同じ話の繰り返しで、しゃべり続けている。
確か、そんなに腕は悪くなかった印象がかすかに蘇り、
ヤマサキの姿は思い出せたが、
顔はぼんやりとしか浮かべられなかった。

そして、
迫田の顔と、あの当時の匂いに一瞬強烈に包まれて
すぐ流れてしまった。

しかし、その声の背景は簡単に想像できた。

ヤマサキの入っている現場の左官は、
コンクリート床のキズ補修に追われるような類の仕事だろう。

その切ない立場と、
用事があるのは忙しいときだけの、
使い捨てに違いない扱われ方が見えるような気がした。

「そうか、岡山にいるのか。
それで仕事は、しばらくあるのか？」

「秀平さんよ～、
清水白桃はなあ、日本一の桃やから、これからが旬やさかい……」

「わかった、わかった、
わかったぞ。
わかったから、

桃は食うから。
ヤマサキさんよ〜、
俺、時間ないから、もう、切るぞ」
あのなあ、まあ聞け。
　　　　　と、黙らせて。

頭の芯が熱くなって、

「あのなあ、
もし、これから先
みんなが、ホンマかいなあ〜って、笑ったら
昼でも、夜中でも、いつでもいい。

直接、こうして俺に電話して、そいつを出せ。

そのとき、
『俺、挾土と言いますが
ヤマサキには助けられたよ、それであんたの名前は？』
いつでもそう言うからな。

ケガだけ、気をつけろ、

じゃあな、切るぞ……」

放射冷却の朝
銀色

シンシンの、氷の空は澄みきって
とがった杉の群列は、凍った霜にふちどられ、寡黙
青くばらけた星々は、
　十字の針を突き出して
　　折れて、こぼれて、また瞬く
シンシン、シンシン、空シンシン
光が、岩を刺し
　白く覆って裂け目をつくる
　　放射冷却、夜明け前

息を刻んで、小さくいる
あしたの独りを固めるために
闇の青さに、かさなり潜む稜線が
　　　黒く浮き立つときを待っている

見わたす限りと、背後から
角度の光が、やってくるとき

黒い氷の鏡から
　　　飾りと心が切り離されて
　　　　　　放射冷却、夜が明ける

空気の粒がキラキラ吹きあげ
冷気の針が、ジグザグ点滅、降っている

この広がりに宿っているもの、心の奥に隠されているもの

空と額を水平に、この手がたどった真実はどこに

あの枝先の芽と、この髪の先はひとつになれたか?
地中の熱と、このふるえる熱はどこまで深い?

自分を一重密にして、この輪郭を変え、抜けて出る

銀色白い、針に覆われ

シンシン、シンシンあたらしく
　　突き刺ったり、斜めに横に
　　　　放射冷却、空の下

眼の前、杉の群列は、
　　灰色、銀にふちどられて寡黙

江戸屋萬蔵・伝説
桃色

どんなものにも、ピンからキリまである。

ましてや手仕事となれば、できばえやセンスがさらにはっきりとわかれるものだが、左官の塗り壁の中で、明らかにピンキリで区別できるものに土蔵がある。


機能だけを求めた農家の穀物庫としての土蔵もあれば、旦那様の威厳を見せつける普請《ふしん》道楽な土蔵もある。

酒蔵もあれば、書物を入れる文庫蔵、東北の見事な座敷蔵とさまざまだ。

しかし土蔵の色あいは、古今東西ほぼ九十九%、白か黒のどちらかで外壁が仕上げられている。


ところがその昔、ピンクの土蔵を塗ろうとした左官がいた。

＊

歴史的に、飛騨は「飛騨の匠」と呼ばれた大工技術が全国に名高いけれど、左官技術となるとまったくお粗末であった。
そんな飛騨の江戸末期に、ひとりの天才左官が現れる。
街が防火問題に腐心していた文政八〜九年ころに飛騨に住みつき、
一八四六年（弘化三年）に斬殺という形で生涯を閉じた左官。
名を【江戸屋萬蔵《えどやまんぞう》】、通称「江戸萬《えどまん》」。

高山市鉄砲町称讃寺の過去帳には、「釈西生《しゃくさいせい》」という戒名が記されていて、

「弘化三年八月十八日、江戸屋萬蔵、行年四十六歳」と書かれている。

「善応寺、舎家大念と申す僧、石屋兵吉、女房と密通致し、申し合わせて夕道を通り駆け落ち致し候。其近傍の萬蔵参り候処、其道にて古川町の清次郎と申す者に斬られ死去す。御検死の御役御改めの上、死骸貰い片付け、親類の者に御沙汰、丸いけ（飛騨地方の方言で「土葬」の意）に致し候。依て法名、釈西生と申す」と、記録が残っていた。さらに萬蔵を調べてみる。

一八二五年、江戸の神田で人を殺《あや》めたという二十五歳の若者が、なぜか飛騨に流れてきた。
その若い左官は、土蔵作り先端の漆喰《しっくい》技能と
漆喰を盛りあげて作る美術彫刻の技を持っていたことが認められたのか、
よそ者を受け付けない飛騨びとに住むことを許され、
飛騨高山祭の屋台（山車）を火災から守る屋台蔵を作ったり
幾つもの素晴らしい土蔵や漆喰の見事な美術彫刻作品を残した。

そんな萬蔵、四十六歳のとき、同じ町内に住む石屋の女房、「とき」が
善応寺の僧と駆け落ちしたのを連れ戻そうと追いかけ、北アルプスの安房峠で追い着いたものの、
なぜか二組に増えていた駆け落ち組とその場で立ち回りとなった末に、
返り討ちに遭い、斬られて死んだというのである。
そんな芝居のような人生を送った左官が、飛騨に、確かに実在していたのだ。

左官の名工といえば、幕末から明治初期にかけて、

漆喰彫刻の「伊豆の長八」「四谷の沓亀」が全国的に有名だ。美術全集などにも収録されているほどだが、萬蔵は漆喰彫刻を主にしていた長八より四十年も前に生まれ、土蔵を専門としながらも、まったく引けをとらない彫刻技術を持って生きていたことになる。いったい江戸でどんな仕事をしていたのか、誰に技能を教えられたのか。萬蔵という存在は、飛騨のみならず、漆喰彫刻や左官のルーツにまでもさかのぼる、歴史的にとても興味深い職人なのだ。

*

自分が土壁をはじめようと決心したのは三十一歳だった。完全に孤立してしまった会社の中で、四十人の社員と口をきくこともなく腐り切っていた日々。ゴミ溜めのようなプレハブを片づけた会社の倉庫が自分の居場所となって、夜、試行錯誤を繰り返し作ったサンプルは、俺を土の独学に没頭させた。

二年が過ぎ、サンプルがプレハブ内を埋め尽くしたころ、ある仕事の話が舞い込んだ。

当時、飛騨管内の左官は、皆、土壁から離れてしまっていたことが幸いして『県指定文化財・荏野文庫土蔵《えなぶんこどぞう》』の修復が俺に持ちかけられたのである。

荏野文庫土蔵は、国学者・田中大秀翁《たなかおおひで》の書物をネズミから守るために建てられたもので、池の中の石組みの上に立っていた。

田中大秀（一七七七〜一八四七）は、江戸時代後期の国学者で、十八世紀最大の日本古典研究家と評される、あの本居宣長《もとおりのりなが》の門弟でもある。もともと財産家だった田中家の家督を継いでいたが、四十六歳のとき長子に家督を譲って国学者に専念し、「竹取物語」や「落窪物語」などの古典文学を研究、独自の国学を発展させた。現在、日本三大美祭のひとつとされている「高山祭り」は、一八〇〇年ころに大秀が神事を盛んにするためにはじめたという説もある。そんな大秀のために作られた土蔵である。

そのころ、土壁仕事とあれば、なんでも飛びついた俺。

土蔵を前にして、「これか」とつぶやいた。

土蔵の大きさは一般的なものより小ぶりだが、土蔵上部の白漆喰の鉢巻に、ギュッと細い線が幾重にもある繊細な形状をして、目に鮮やかな黄土の外壁、曲線を用いた腰壁の水切り漆喰が見事。鉢巻、飾り窓、水切りの要所には、黒漆喰磨きのシンプルなラインを織り交ぜて、土蔵全体をギュッと引き締めている。

これまで目にして来た飛騨の土蔵とは、明らかに違う独特な雰囲気があり、キリッとしていさぎよく、斬新で鮮やか。不思議な映像的気配に包まれたことを覚えている。

土蔵は傷だらけで、ボロボロに朽ちていた。しかしなにか命があった。

「こんなにボロボロなのに死んでいない」、そう思った。

仕事にスピード感があって、切れ味鋭い腕前と多彩な技がビリビリと俺に迫ってくる。

これが江戸萬の手技だった。

「え！　これを俺がやるのか？　これ俺がやっていいの？」

興奮を抑えながらも、疑問がわいた。

「しかし、こんなイキのいい仕事が飛騨にあったなんて、いったい誰の仕事？」

「これは、『江戸萬』の仕事だよ」

「エドマン？」

はじめて聞いた響きに、「役者みたいな名前で、なんかスゲ～いいなあ」と、眺めていた。

その日から、嬉しさと不安な気持ちが入り混じって、
でもその不安に負けまいと、土蔵から感じたことを全部ノートに書き連ねた。
土蔵の土を削ぎ落とすときは、
その土を両手で水をすくうような気持ちで拾い集めて、萬蔵の壁の欠片を持ち帰る。
配合を推理していると時間を忘れ、
深まる孤立は、ひとりきりの荏野文庫土蔵修復に、むしろ好都合にさえ思えた。

ゆっくりと工程ごとに塗り壁を削ぎ落とす作業は、萬蔵の塗った時間を体感するようなもので、どんどんと萬蔵への想いが膨らみ、交信しているような気持ちになる。
しかし一方では、萬蔵の資料や手がかりが極めて少ないこともわかってくる。

土蔵の外壁は、
京都神楽岡の土と、飛騨国内の神社の注連縄《しめなわ》を集めてスサにしたものを混ぜたと伝えられていて、ヤマブキ色に近い、鮮やかな黄土で仕上げられている。
黄土の仕上げを削ぎ取れば、その下には正確に塗られた土の中塗り面（下地）が出てくるわけだが、ある日、その黄土の仕上げ（二ミリほどの厚み）を削ぎ取っているときだった。
土蔵正面入り口の左側、ちょうど俺の腰上あたりの黄土の下から
三センチ角程の別の色が四か所出てきたのである。
「うん、なんだろう？」と、手を止めて、その正体はすぐにわかった。
萬蔵がこの荘野文庫土蔵の外壁を四つのどの色にしようかと試し塗りをして、

眺めて、考えた跡に違いない。
そんな試し塗りの跡を発見して、肩の付け根から首筋に針の結晶のような興奮が走った。
伝説の萬蔵が、同じ左官として自分にグッと近づいてきたような
萬蔵の生きていた江戸時代に引き込まれていくような幻想に、ゾクゾクする嬉しさを覚え、
俺は萬蔵にますます惹きつけられてゆく。

それはたぶん、こんな光景だ。

鏝板の上でサラサラッと四つの色あいを作って軽く壁に塗り、
五～六メートルくらい引いたところで腰掛け、眺めながら昼飯を食べ終わって
足を組んでキセルに火をつける。目を細めて煙を吐きながら、
「どっちかだなあ～っ」と呟き、そして二つに絞る。
江戸っ子気質の切れ味鋭い萬蔵が、珍しく迷っている姿が見えた。

結局、萬蔵は鮮やかな黄土を選んだわけだが、ゾクゾクしたのは、迷ったであろうもう一方の塗り見本の色が、桃色——ピンク——なのである。

現代ならともかく、江戸時代の、しかも幕府直轄の天領飛騨で、『ピンクの土蔵』を作ろうとしていたのだ。

荏野文庫土蔵は、萬蔵が飛騨に来て二十年目の仕事にして遺作。もし、もう一方に傾けば、一八四五（弘化二）年に、鮮やかなピンクの土蔵がこの飛騨に建っていたかもしれないのだ。もしかしたら田中大秀翁に叱られたのか、あるいは、「お願いだからやめてくれ」と誰かが萬蔵に頭を下げたのだろうか。

いずれにしても、『江戸流、万（萬）の蔵をこなした男』と名乗った天才左官は、斬新で大胆。その人生は謎だらけだが、江戸は神田からはじまって、殺人あり、逃亡あり、飛騨を火災から守った英雄譚あり、美芸と技あり、国学者・田中大秀翁あり、色恋ありそして立ち回りあり……。

一八四六（弘化三）年、江戸屋萬蔵、飛騨中尾峠で斬殺。

*

荏野文庫土蔵は、三月末日までの半年間の工期が告げられて、修復をはじめた。

外壁の大津は、萬蔵とそっくりの色あいを出すために、

試行錯誤の末、地元の釜土（茶色）と地元の山で見つけた鮮やかな黄土を混ぜあわせた。

そこに十五％の石灰を混ぜて、おおよそ同じ色あいにたどり着いた。

もちろん漆喰は、海藻のりを炊いて作った、手作りの本漆喰。

昼夜関係なく仕事をしている俺に、この地域の氏子総代がやってきて

「オイ、若いの、仕上がりはどうだ」と聞いた。

「はい、一応うまくいってるけど、この寒い三月完成はよくないです」と答えると

「お前、本当に好きだなあ」と言ったあと、
「わかった、それはワシに任せとけ」

土蔵は九か月後の六月に完成した。

このとき、〝土に生きたい〟

そんな気持ちが芽生えた俺だった。

江戸屋萬蔵・十四年の空白

哀色

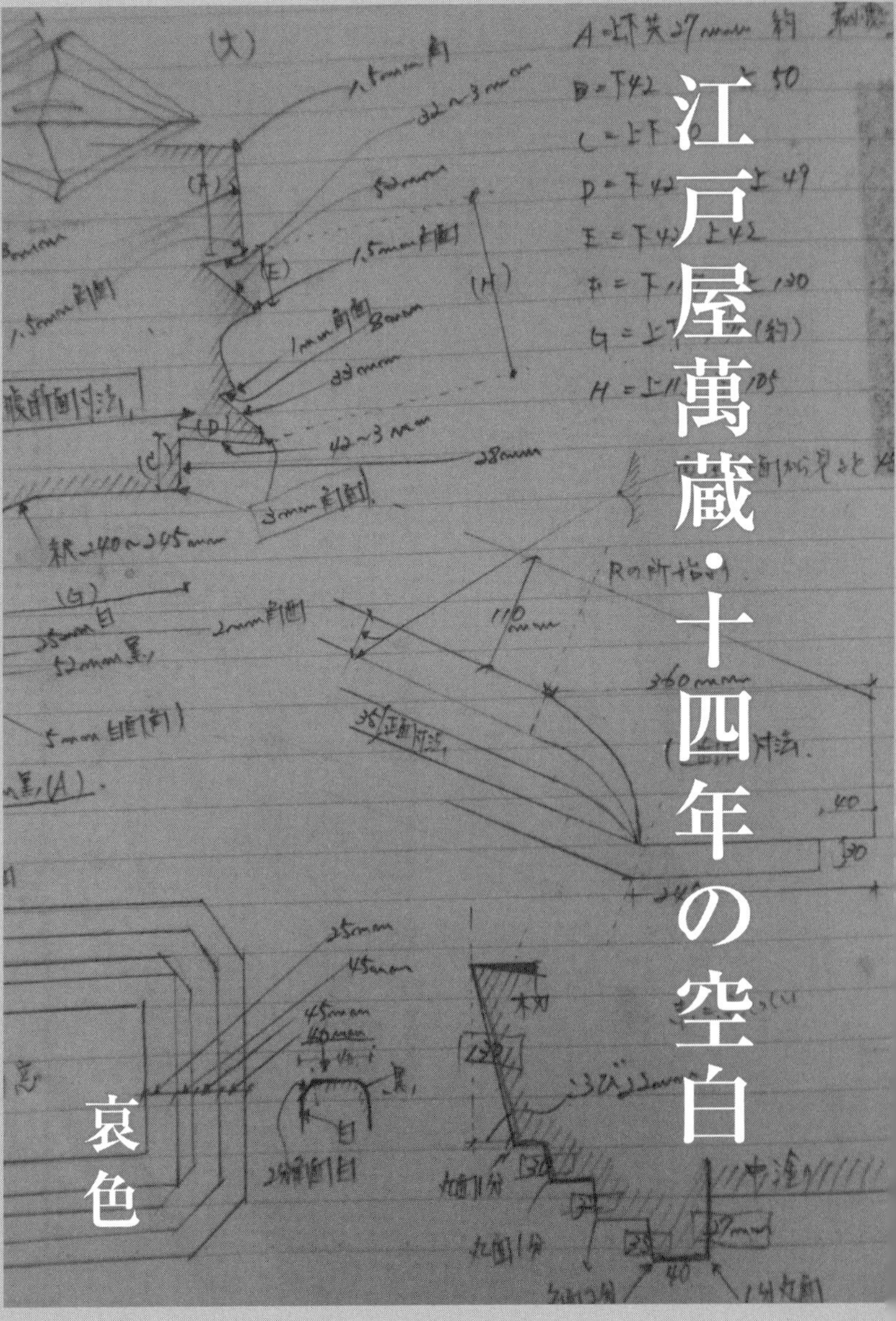

荏野文庫土蔵《えなぶんこどぞう》の修復後、

萬蔵という天才が飛騨に実在していたことが、飛騨の誇り、自分の誇りのように思えていた。

ダンボール箱にしまっておいた、萬蔵オリジナルの漆喰かべの一部や黄土の上塗り、漆喰で盛りあげた飾りの欠片、萬蔵自らが削ったであろう竹釘を取り出しては触れてみる。職人だからこそ繋がる対話は、百五十年を飛び超えて、ふっと身近に萬蔵を想う不思議がある。

「もっと知りたい。もっと萬蔵を推理できる手がかりを探したい」

その手がかりが、旧川上別邸の土蔵。

萬蔵が手がけたとして現存する、唯一修復の入っていない土蔵であった。

当時、この土蔵は古い長屋の共同の倉庫として扱われ、ほとんど注目されていなかったので、旧川上別邸の廃墟のような庭を進むと、誰でも自由に出入りすることができた。

すると、土蔵の観音扉はいつも半開き状態で、木影で風に吹かれている。

土蔵の扉は基本的に、左の扉を閉めてから右の扉を閉めるしくみになっていて、逆にすると扉同士がぶつかりあって閉じることができない。
けれど、扉はいつも左右逆に閉められていたので、俺は仕事の合間を縫ってそれを直し、日曜日の午前になると、この土蔵の扉を眺めることがひとつの習慣となっていた。
まず扉の角部が欠けていないかを確認して、
漆喰に描かれた近所の子どもたちの落書きを落としたり、
見事な漆喰彫刻（左が老松、右が鶴）の埃をからぞうきんで掃除し、
寸法を測ってノートの荏野文庫土蔵と比較をしたり。
人差し指の腹で繊細な角部をなぞって萬蔵の鏝跡を感じたり。

萬蔵の腕前の素晴らしさは、なによりサラリとした軽快な線が生きていることにある。

この「生きている」ということ。

世の中に、丁寧であるとか、正確で上手は、ごまんとある。しかしそれが「生きている」と感じられるかというと、これは別問題、もっと言えば、努力では得られない別次元になるのだ。つまり、その線が、見切り（仕事）の速さ、角度の鋭さと切れ味の幾重にも積み重なった集合体となって、美しさや命を感じさせるのである。

色に対する固有な美意識もあっただろう。そして、萬蔵の漆喰黒磨きは、江戸期の黒磨きという点で、全国的にもかなり貴重で、注目に値するものなのだ。

＊

二〇〇一年、土への想いと深まる孤立の中で、俺は『職人社秀平組』を立ちあげ、独立した。

そんな折、旧川上別邸の土蔵が寄贈されて市指定文化財となり、その修復を検討するという

新聞記事が出た。胸が高鳴った。その記事を切り抜いてファイルして、

「萬蔵を知るチャンスがきた、萬蔵のヒントが眠っているかもしれない！」と何度も読んだ。

ここで、ザックリと説明すると。

旧川上別邸の土蔵の外壁は、左官技能で言うと『大津仕上げ』という技法で『漆喰仕上げ』ではない。

『大津仕上げ』とは、【色土】＋【藁スサ】＋【石灰】を混ぜたもの。

『漆喰仕上げ』とは、【海藻のり】＋【麻スサ】＋【石灰】を混ぜたものである。

旧川上別邸の土蔵は、一見、漆喰仕上げの白壁に見えるが

実は、【白土】＋【藁スサ】＋【石灰】を配合した、微妙にネズミがかった『大津仕上げ』で、

荘野文庫土蔵も、【黄土】＋【藁スサ】＋【石灰】の、『大津仕上げ』である。

この、あえて『大津仕上げ』にしている外壁に、萬蔵の過去を紐解く要素があるのだ。

萬蔵は飛騨へ来て、小森家、川上家などの旦那衆の土蔵を手がけている。

それはつまり、銭金《ぜにかね》を気にすることなく、高価な仕事ができたはずなのだ。

となれば外壁は、当時高価だったであろう『関東流漆喰』で仕上げられていて当然である。

しかし萬蔵が選んだのは『大津仕上げ』。

『大津仕上げ』とは、土を主とした材料配合で、土の色と柔らかい肌あいに仕上がる、土もの技能を得意とした『関西流』の仕上げなのである。


実は、自分の中で、なぜ大津なのか？　を考え続けていた。

そして、こんな推理にたどり着いた。

「うん？　もしかしたら……。萬蔵は江戸から京都へ渡り、そして飛騨へ来たのでは⁉」

荏野文庫土蔵は
「京都、神楽岡の土と飛騨国内の神社の注連縄を集めて塗った」とある。
なんだか、また萬蔵が俺の中で動き出した。こんなふうに。

萬蔵は、その腕の冴えから、若くして江戸旦那衆の子飼の左官だった。

ところが事故のような形で人殺しをしてしまう。

旦那衆は萬蔵の腕を惜しんだ。

旦那衆としても萬蔵にとっても、萬蔵がこのまま江戸にいることは
お互いのためにならないと考え、
最も身を隠しやすい大きな町、京都までの通行手形を手渡した。

萬蔵はそれによって、危険な番所を無事抜けて京都に逃げ込めたのだとしたら。

もしかしたら、京都のある旦那に囲われる手はずのもと、江戸を発ったのかもしれない。

萬蔵は持ち前の関東流の漆喰の腕を発揮しながら、同時に関西流の大津の魅力を知る。

一方、昔の飛騨の旦那衆の財力は大変なもので
京都の一流職人の工芸品をとても好んでいたという。

萬蔵は京都で飛騨の旦那衆に出会う。
高山の祭り屋台は、旦那衆の贅を尽くした普請だったが、火災による屋台の再三の消失から
萬蔵の土壁漆喰で屋台を守ろうと見込まれたか？
それとも萬蔵の美芸である漆喰彫刻が見込まれたか？

いずれにしても、追われる身であった萬蔵にとって、
飛騨の旦那に囲われることとは、生きることだった。
山国飛騨は、身を潜めるに好都合だと思ったかもしれない。
萬蔵は旦那に連れられて飛騨に入った。つまり当然番所も抜けられる。
そして、そんな後ろ盾があったからこそ、よそ者を受けつけない飛騨の組入り（住み着き）が
許されたのではないか？

飛騨の萬蔵の土蔵は、こうして関東流と関西流を一体化した、
固い漆喰とやわらかな大津の、併用形土蔵作りになった！

いずれにしても、萬蔵が江戸から直接飛騨に入ったと考えるには違和感があり、もし、こうした流れなら、しっくりくる。
そうだとしたら、まったくもって萬蔵は、ドラマチックな男である。

こうした百五十年前の男との交信は
どうしようもなく俺を左官の世界に引き込んでゆくのだった。

ところがそんなある日、
旧川上別邸近くを通りかかったとき、愕然とした。
土蔵に建設足場が架けられているのである。
「なんで?」突然だった。
「どういうこと?　まさか……!?」
おそるおそる近づいてみると、土蔵工事は、はじまっていた。

そして●●工務店の名前を知ったとき
「やられた……。ああ、終わったな……」そこに、いろんな流れや、関わる人が見えてきた。

　いまや、我々『職人社秀平組』は、〝よそ者〟だった。

談合的な地域のしがらみや、力関係のようなものを悟った。

それ以降、余りの悔しさに、その付近に近寄ることさえできない俺。

工事がいつ行われるのかも知らず、見積もりも出せなかった。

挑戦することすらできなかったのだ。

「いま、萬蔵の血や肉とも言える壁が削ぎ落とされている……」

眠ろうとしても悔しさと切なさで、寝つけない。


　修復後、土蔵は純白の工業漆喰で（大津ではなく）、まっさらの簡単綺麗なものになっていた。

江戸屋萬蔵の最後の土蔵も、一般にある土蔵もまったく同じ扱いであった現実。

自分には、単なる住宅の工業漆喰の塗り替えとしか見えない仕上がりだった。

「想い」ではなく、「仕事」として、ただ「現場」として消化された萬蔵の土蔵。
あの江戸期の漆喰彫刻に、サンドペーパーをかけた痕跡を見たときには
恐れのようなものが走って、軽いめまいに膝の力が抜けたことがいまもリアルに蘇る。
絶妙な角度も色も切れ味も、もはや失われ、萬蔵の手がかりはゴミと消え、
扉は、『文化財』として施錠され、見ることもできない状況になっていた。

飛騨の伝説や歴史。
そんな意識も冷めて、こうした飛騨での現実の中で、どうやって生きてゆくのか。
ぼんやりと空とか風みたいなものを感じながら
「萬蔵は二度死んだ。自分もバッサリ切られた」、そう思った。
当時地元で俺たちに仕事をくれたゼネコンは飛騨建設のみ。
仕事を求めて歩いても、見えないしがらみが、遠いところから働いて。

すでに八人の仲間がいた。

〝仕事なら、どんなことでも、下水道配管のセメント穴埋めでも、なんでもやる。どこへでも行かなければならない〟

そこに舞い込んできた東京からの仕事の依頼。

会社を離れ、萬蔵の手がかりも消えてしまったいま、地域と唯一繋がっていた一本の糸も切れてこの思いを理解してくれる人も、ぶつけるところも見つけられない。


東京を断わる理由はどこにもなかった。


江戸を逃れて飛騨に来た萬蔵。

飛騨ではみ出し、生きるために仕事を求めて、ふたつ返事で東京に向かう俺。


萬蔵との縁は遠くなったまま、十四年が過ぎた。

陽炎の手
砂色

草の上に寝転がって仰向けに、
息を切らして笑い、流れる雲を追っていた。

グラウンドで転んだまま、砂に顔をあてて
跳ねる靴音。地表の起伏。

激しい雨に、胸を高鳴らせ全身で外をかけ抜けた
あのころ、なにを感じていたのだろう、ふっと少し、匂いだけが蘇る。

明かりを消して見る、まばたきの白さ、
そのまばたきの中にも、あのころの匂いが通りすぎているのに。

……夢の中で、
そのはしゃいでいる自分から夢の話を聞き出せたなら。

魂とか心っていうものが、どこにあるか知らない。
魂や心が身体を突き動かしてなにかを生み出すたびに
人は燃えつきてゆくのだという。

無意識に手をあわせている少女の黒い眼
畑と星をむすぼうとしている白い花
空は繋がっているのだと叫んでいる手紙。

いま、疲れと力を帯びて
鎮まらず強くなる、手のひらの濁った熱。

冷えた空気を生ぬるく汚してしまう、
この陽炎の手。

江戸屋萬蔵・浪漫

ハガネ色

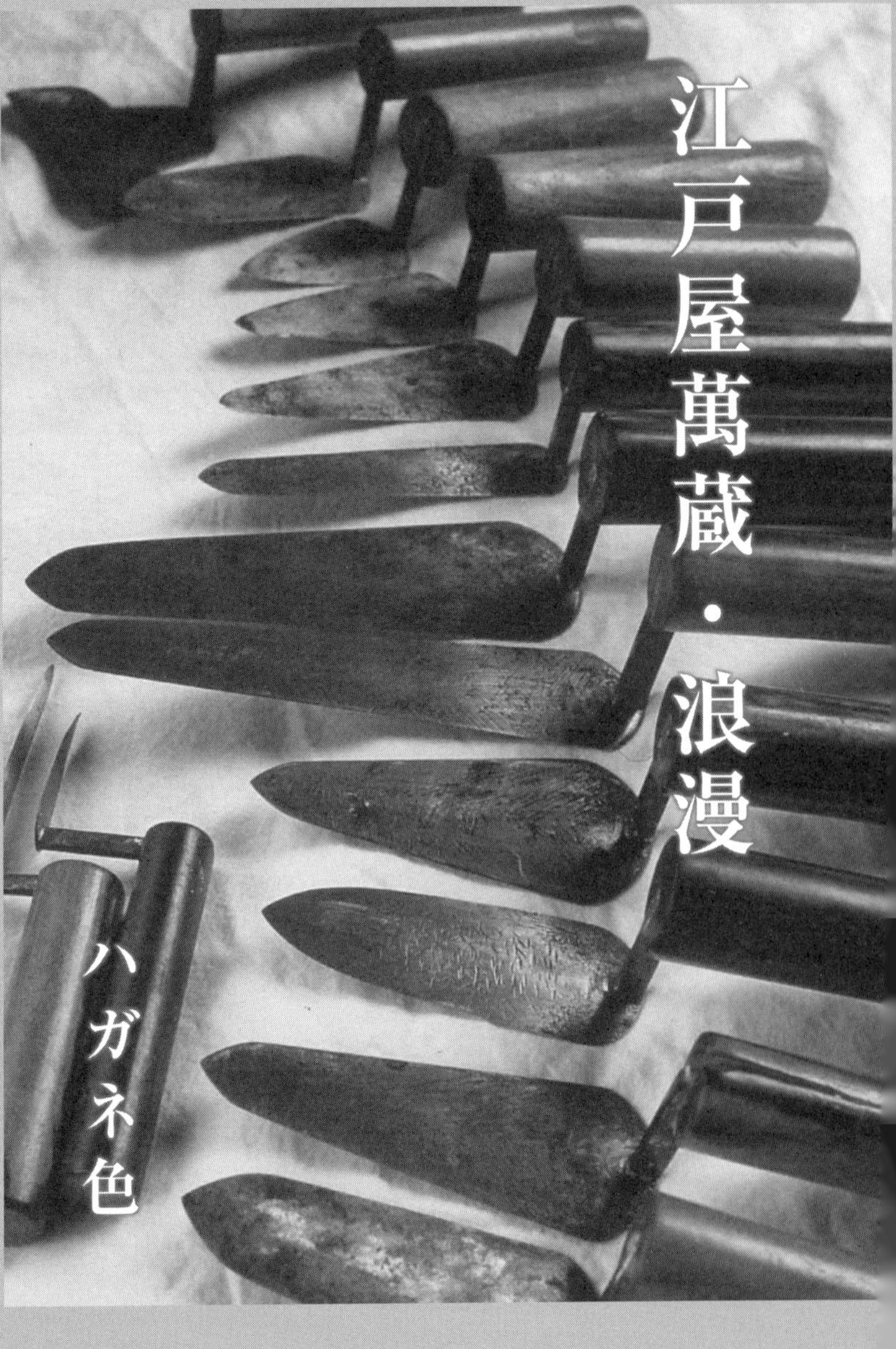

東日本大震災の衝撃の映像を見ながら、いてもたってもいられなくなった。

「まずい！」

俺には、どうしてもこの目で確認しなければならない物件があった。

しかしあれだけの災害になると、むやみに東北へ行くのは、かえって迷惑になってしまう。

ようやくその物件の前に立ったのは、二〇一二年のことだった。

そして愕然とした。致命的なダメージを受けている。

その土蔵は、南面の一部と西面が崩落してしまっていた。

「だめだ！　これだけは、どんなことがあっても残さなければならない！」


持ち主が、「もう、持ちこたえられない」と危うく解体しそうだったところに、懇願して去年、これを保存するプロジェクトを立ちあげた。文化庁長官に直談判したこともあった。あの手この手で奔走した一年間の末、ようやく資金や設備等、民間大企業の応援の幸運を得てこの土蔵の修復を手がけることになった。

独特な雰囲気を放つ外観は、写楽か北斎か、天才か奇才か、
土蔵ひとつでサグラダファミリアを思わせる。
それもそのはず、この土蔵は十年以上の建造期間をかけて完成したものなのだ。
小林さんはこの土蔵を『日本のバロック』と呼び、おおよそこのように表現している。

まず、その逆立ちして踊る漆喰彫刻の唐獅子の眼を惹かずにいない異様さと、
左官の手で塗り込められた軒の垂木の一本一本は、
白く面取りされた漆喰黒磨きで、
土蔵の鉢巻き（上部）には、白漆喰の牡丹の花や、
うねるような唐草の文様が黒漆喰の磨きの上にレリーフされている。
それらの過剰な装飾を統一している見事なデザイン……。
左官でなくても、その土蔵の前に立つとしばし言葉を失って、ただただ見とれる。
ましてや左官にとっては、その土蔵をひとつの聖地と言ってもいいだろう。

百二十年前の創建時、この過剰なほどの装飾がどれほど人々を魅了したことだろう。はじめてこの土蔵の前に立ったとき「次は、昼弁当を持って一日中座って見ていよう」と思ったほど。まさに、「夏草やツワモノどもが夢の跡」の言葉がピッタリくるのだ。

それにしても、こんな国宝級のものが、震災で損傷を受けたまま壊されるかもしれなくても、公的には、なんの救いの手も差しのべられないのだから、なんとまあ、どうなってるんだか、理解に苦しむ。というか、これを世界が知ったら呆れ笑った後、怒るだろう。まったく恥ずかしい話である。

東北、気仙《けせん》地方。

ここは職人技能が花開いた地域だと言われ、気仙大工は最高峰だという話はよく聞くが左官も『気仙かべ』という呼び名があるくらい、その技能は最高峰に達している。この土蔵を作った気仙左官の名は、吉田春治《よしだはるじ》（一八五四年生まれ）。

土蔵の大梁には「明治二十八年春、完成」とある。

土蔵に足場をかけて間近に見ると
庇《ひさし》の瓦が、瓦ではなく、なんと漆喰で瓦の形に塗ってあるのには腰が抜けて
「なるほど、確かに十年かかるわ」と、知るほどに凄い春治。
いろいろ調べて、たった一枚、春治の顔写真が出てきたときは感動ものだった。

そんな春治の土蔵を見るとき、頭の中にいつも江戸屋萬蔵がよぎっていた。
俺の横に立って腕をくみ、「こりゃあ、すげえや」と
ニヤリとしているような気配がふあっと俺の皮膚に触れる。

萬蔵がスペードのエースなら、春治はジョーカーか。
ふたりは比べるものではないけれど、左官の歴史の切り札であることは間違いない。
あの旧川上別邸土蔵から十四年。この吉田春治がきっかけとなって、

俺の中で薄れてしまっていた萬蔵がまた息づきだした。

萬蔵（一八〇〇～一八四六）、春治（一八五六～一九二二）。
どちらも見事な漆喰黒磨きの技を持っている。
漆喰黒磨きは、左官技能の花形的な仕上げで、最終的に道具（鋼《はがね》の鏝《こて》）で鏡面に仕上がる。
武士なら刀。その鏝は傷ひとつ入れられぬ、左官の懐刀《ふところがたな》【磨き鏝】だ。

あの荏野文庫土蔵の修復が終わって二年が経った一九九八年だった。
ある住宅の壁の塗り替えをしていると、家主が「家は代々左官の家系だ」という。
「それなら、もし古い鏝が残っていたら、ぜひ見せてください」と頼むと、
錆びた鏝が入った大きな道具箱と、もうひとつ、縦四十五センチ、横三十五センチ、
深さ七センチの小さな木箱が目の前に持ち出された。

その小さな木箱の蓋を開けると、ただ真っ白な消石灰が箱いっぱいに入っている。

「これは？」と首を傾げていた俺に

家主は、「その石灰の中に埋め込まれていますから、取り出してみてください」と言うのだった。

粉末の消石灰の中から出てきたのは、ずらり十四本の鏝。

一本一本の鋼の部分にロウを擦りつけて、さらに錆ひとつ絶対に入らぬよう、

空気中の湿気に触れさせぬよう、消石灰の中で大切に保管するという念の入れようで、

こんな保管方法を、俺はこのときはじめて見た。

しかも十四本の鏝の柄の部分に、黒柿が使われているのも、はじめて見る。

これは間違いなく懐刀の鏝、磨き鏝に違いない。

錆ひとつない鋼、粋で洒落た黒柿の木目、使い込まれた柔らかな慣れ、

磨り減った鋼部分が生々しい飴のような光を放っている。

鏝が婀娜《あだ》っぽいとでもいうか、見ているだけでも十分な美術品としての気品がある。

なんとも「格」が違うのだ。

すっかり惚れ込んでしまった俺は、その後、手紙を書き、この鏝を買い受けることになった。

あれから十六年。

俺はあの鏝を封印したまま、一度も使っていない。

それはなぜか。

やはりどんなものにも相応しい場所、そのものにあった舞台というものがある。

春治の土蔵を眺めていて
「今こそ、あの鏝を使うに相応しい。封印を解くときだ」と、そう思った。

そう思いながら、ふと浮かんできたのは
「それにしても、なぜあんな絶品の鏝が飛騨にあったのだろう?」という疑問。

磨き鏝は、言わば左官の懐刀。

特別な部所か、磨き仕上げに使う鏝で、日常的に使う鏝ではない。

硬い硬い十四本もの鋼部分が、一代や二代でこんなに磨耗するものだろうか?

そして、相当使い込まれた、口の中で溶けた飴のような鋼を見ながら、いったい誰があの鏝を使っていたのかを考えていた。

ひょっとして、まさか……

まさか、萬蔵の鏝だったのでは、と思いを馳せたとき、不思議なほど話が繋がり出してきたのだ。

再び、自分の中で萬蔵の存在が、膨れあがってきた。

その推理は、このように展開していった。

＊

鏝を譲り受けた家は、旧川上別邸から徒歩五分・荏野文庫土蔵から徒歩十分に位置している。

萬蔵もこの辺りに住んでいたと言われているが、それはただ偶然の一致だろうか？

十六年ぶりに鏝を譲り受けた家を訪ねると、いろいろと話してくれた。

「あの鏝は、私の父の父から受け継いだものだが、父は磨きの腕を持った左官ではなかった。

もうあのころから左官一本では食っていけなくて、神主をやったり、国鉄の職員になったりといろんなことをやった父だった。

ただ一度だけ、父があの鏝を使ったことを覚えているよ。それは大切にしてね」

「その父、つまり私の祖父は、一八七五年生まれで、土蔵を仕上げる左官だった。消防団長を務めた人でね、そこそこの職人として、幾つもの土蔵を作ったことは間違いない」

「祖父の父のことは、残念ながら、わからないね」


推理は続く。

まず、「父」はあの鏝を、ほぼ使っていない。

では、「祖父」一代で、あんなに擦り減らすほど鏝を使っただろうか。

いや、「祖父」を含め、萬蔵より下の世代が活躍していたころの土蔵をめぐるとき、あの磨き鏝を必要とするような土蔵は、飛騨には極端に少ない。

磨き鏝は、旦那衆の普請のときの磨き壁か、装飾を施す部分に使うもので
飛騨の土蔵のほとんどは、防火や調湿機能を重視したもの。
つまり、磨き鏝の出番はほとんどないタイプの土蔵ばかりなのだ。
まず、「祖父」と「祖父の父」「祖父の祖父」の三代でも、あの鏝の磨耗とは到底釣り合わない。
腕がいいとか悪いの問題ではなく、それ以前に、飛騨管内でそのような土蔵は極端に少なく、
左官の環境的に、あの鏝が磨耗する要素が見当たらないのである。

あらためて。

江戸屋萬蔵が飛騨へ来る	一八二五年（文政八年）	（二十五歳）
旧川上別邸土蔵	一八四二年（天保十三年）	（四十二歳）
荏野文庫土蔵	一八四五年（弘化二年）	（四十五歳）
江戸屋萬蔵　斬死	一八四六年（弘化三年）	（四十六歳）

するとﾠ、俺の中に必然的に浮かんでくるのが
「あの鏝は江戸屋萬蔵の鏝だったのではないか？」という問い。
「萬蔵がはるばる背負ってきた、江戸の鏝ではないだろうか？」
十四本の鏝の黒柿の柄《え》が、すべて丸柄の関東風で、
角柄の関西風ではないことも辻褄が合ってくる。
飛騨は都の造営にかかわる匠を多く送っていたこともあり、通常、関西風である。

〝祖父の祖父の世代が、萬蔵の弟子だったとすれば、
鏝が継承されていたとしても、おかしくない〟

【江戸屋萬蔵】〜【祖父の祖父】〜【祖父の父】〜【祖父】〜【父】〜【現当主】
と、萬蔵の死後百五十二年、大切に受け継がれてきたのでは？
そして、俺の手元に来て十六年。
鏝はいまも錆ひとつなく、生々しく磨耗した痕跡を見せ、

滑らかで艶かしい鋼の光を纏っている。
ど〜うしようもなくドキドキしてきた……。

萬蔵が飛騨に来て三年目で弟子をとったとして、
一八二八年に祖父の祖父が十歳。
萬蔵が死んだのは、飛騨に来て二十一年目、
十歳だった弟子は二十八歳。
突然の萬蔵の死に、弟子は磨き鏝を形見として受け継いだのではないか？
その萬蔵の弟子が、祖父の祖父か、または祖父の父の親方だったとしたら……、
世代として、受け継ぐタイミングとして、十分成立しているのだ。

こんなに粋で、美意識漂う鏝は、
なにより飛騨の左官のレベルと釣り合わない。
どう考えても、どう見ても、この鏝が飛騨と合致しないのだ。

つまり、これは江戸屋萬蔵が江戸から背負ってきた、萬蔵が使い込んだ鏝に違いない。

あの旧川上別邸を思い出しながら俺は確信した。

「萬蔵は二度死んだが、鏝となって生きていた！」

旧川上別邸を最後に萬蔵の手がかりは消えた。

この先も、新たな手がかりに出会うことは、もうないだろうと思う。

しかし萬蔵が俺を見捨てていなかったと思いたい。

長い間それに気づくこともなく、腐って忘れようとしていた十四年。

あの鏝と出会ったとき、萬蔵の懐刀の魂を偶然にも譲り受けていたとしたなら

俺は、萬蔵と繋がっていたのであり、二度出会っていたのだ。

そうであって欲しいと願い、それで十分だと思えている。

いま、萬蔵は俺のもとで生きているのだと、そう思い込んでいる。

六《ろく》と小六《ころく》

筋金《すじがね》色

一年に一度も連絡を取り合うことはない。

一年に二度も顔を合わせることだってない。


師走三十日の午後六時半の約束ごと。

決まった酒場の決まったカウンターの席で、自分と一年を締めくくろうと待っている人物がいる。

そんな一夜の酒を、師走三十日に酌み交わして二十年。

一度でもその約束を違えれば次はない。それでつきあいは終わり。

どんな事情も通用しない。

これは男と男の決めごと。ハイ、まる。なのだ。

通称『六《ろく》』と名乗るこの人を、文字で表すことは難しすぎるが、
あえて言うなら、高度経済成長期の昭和の場末を、単身生き抜いてきた筋金入りの一徹者。

ボウフラが　人を刺すよな蚊になるまでは　泥水飲み飲み浮き沈み

「ワシはヨ～、天下一の嫌われ者で上等、友人など一人もいらぬ」

地下足袋一本、鉄塔工事の最上段、旅から旅へと命を張った鉄骨鳶《とび》。テコでも曲げない意志を貫いてきた絶対的自信。頑固のうえに偏屈、偏屈のうえに『ド』がつく。齢七十二歳とは思えぬ体力と食欲と、精神力は並大抵ではない。

「いいかぁ秀平さんよ～」

「人間ちゅうのはなぁ、ナ～ンボ金稼いだって、ホンマモンのウマイモン食うとらんかったらなぁ、生きとる値打ちなんか半分ぐらいしかないんやぁ。それを知っとるか知っとらんか、お前なんかが言うウマイモンとは違う、どこでもあるんとは、ちぃっと違うぞぉ」

「そりゃあそうだわ、そいつをどうやったら口に入れることができるかが勝負や。おぅ、言うとくけどな、これだけは金払《はろ》うたら食えるんと違うぞぉ」

エラの張った骨太の顔に、三角に鋭く光る小さな眼と、とがった口。
この六さんにかかると、医者もまいって言うことを聞くという。
俺も、もう長いつきあい。童子のような笑顔で話している六さんは「……ってなもんよ」と上機嫌。
もういい加減なじみになったと、油断してしゃべっていたら大間違いで、気が合っていた酒も、
たったひと言で一転してしまう。
どこがどうして、どう気にいらなかったのかしばらくわからない。
「おう！　勘違いしとったらあかんぞぉ～」と、怒鳴り出したかと思うと
ねじれるような形相で首を傾げ、裏返った声で唾を飛ばし、
「キャラレレレイレレロロ（気合入れろ）！」と、とんでもない巻き舌でいきなり吼《ほ》える。
さらに話がねじれれば、
目には見えないドス一本、刺し違えるくらいのシャレにならない展開へと変わる。
三年前と二年前は、飲んでる途中でだんだん、だんだん、ねじれ出してきて
どうにもこうにも手がつけられない。こっちもガマンの限界、次の店に移動中、

ああ言えばこういう、お前そっちなら、ワシャこっち。いつのまにか、行方不明……。
まあ、この辺で済んでいるのは俺だから、とは言え、頭に血が上って
「ったく、またかぁ！」と舌打ちする。

世の中の末端で、つかんできた知恵と経験から飛び出す会話は、まさに「口上」というか「啖呵」。
現実を直視している一つひとつの言葉は、本当すぎる本当のことを、
縦横斜め、ねじれた裏側から的を射て、まるで台本があるかのよう。
生きた言葉はレレロ、レレロの巻き舌調で、その切れ味は抜群。
暴走つっぱり鳶野郎も、そこいらの下請会社社長も、
たとえスーパーゼネコンの大所長であろうと、完膚なきまでに打ちのめされてしまう。

その根底には
「ワシが間違っているなら、いつでも消える用意がある」
「どこへ行っても飯は食える。自分を買ってくれるところへ行くだけだ」という最後の強さがある。

ヤクザでも右翼でもない、任侠でもない、上も下も馴れあいも身内も関係ない。

「ワシ流の道理っちゅうものがある」

「物事には順序っちゅうものがある」と言いながら、

気にいらないやつは、その「物の道理」を武器にした口上で、

相手の心のわずかな隙をついて、容赦なく、相手が謝ってもなお叩く。

相手は触れられたくないところをわしづかみにされたうえに、

心にたんこぶができるほどのショックを受ける（最終的になにがなんだったのか、わからなくなる）。

とにかく、六さんに触れたら火傷する。誰も近寄れない。

六さんとの出会いは、その昔、高山での某スーパーゼネコンによる大型ホテル建設のときだった。

六さんは、工事現場全体のゴミの分別処理、共有部材や貸出道具類の管理、安全規則の番人として

やってきた。現場に出入りしていた各下請け業者が、あまりの厳しさから

「仕事にならないほどうるさい親父がいる」と噂する人物で、最初は俺もコテンパンにやられていた。

けれどそのうちに、「よくもここまでひねくれた言い様で正論を吐けるもんだ」と感心したというか、むしろ痛快になってきて、番人部屋に入りびたったのがはじまりだった。
いま、名古屋は中村区の大門近くで、セメント色のぼろぼろのマンションを借り、小さいお母ちゃんと二人で暮らしている。

十八年前は、六さんと二人、名古屋駅の裏あたりで、夜の街をよく飲んで歩いたものである。その生の言葉を聞いていると、ずしりとくるものがあって、メモしたいくらい嬉しくなったり教えられたり、傷ついたり……。

口癖のひとつは「ワシらのような場末の人間」（場末は「バセイ」と発音する）。何とか横丁の奥、バセイの飲み屋へ連れられてまた一杯、もう一杯のはしご酒。連れられていく店では、はじめて会う人が、なぜかみんな俺を知っている。八百屋のおやじに博打打ち、そこいらの飲んだくれと、客なんだか経営者なんだかわけのわからぬ飲んだくれババアが、激しい会話をしている。

「秀平さんよ～、ひとつ教えといたる。世の中がなぁ、ホントに景気が悪いか悪くないかは、このドラム缶日雇い酒場の客を見てたらすぐわかる。貧乏臭い奴がなぁ、泣きながら飲んどるか、笑ろうて飲んでるか、なあ、もう言わんでもわかるやろ～」

「ワシはこれでもよ～、ひところは、八十人ぐらいやったら廻しとった時代もあったけどな……。お前もこの先、親分として立っていくんなら、本当に苦しいときや決断に迷うたときは、まずここへ来て、こういうとこ見てから考えろ。それと、外したらあかんのは、腹いっぱい飲んだときほど、いつもより三十分、早《はよ》う起きて、澄ま～してあっち向いとるのが、ホンマの親分や」

「オイッ～チ、切り出しのいいとこ、ちょこっと出せ。いっぱい出したらマズいとこ入るからなぁ」

「こいつはボンボンだけどよ～、わしの友達でなあ。

さしづめ、『ケレロロッツ（小六《ころく》）』みたいなもんだ～」といって酒をさしたりさされたり。
そのとき、俺は一応、『小六《ころく》』という名を襲名し、
以来二十年、十二月三十日の六時半、男と男の決めごとが続いている。

去年は、数年ぶりに気が合ったまま、ひと晩を終えることができた。
三十一日の朝八時半、いつもの宿に迎えに行き、
ふたりで朝市を歩き、豆餅と、味噌一桶と、地ねぎと酒一本を買う。
これも決めごと。
あとは、昨日の競輪グランプリの結果に話を咲かせながら駅に送る。

こんな文章、書いているのが、もしもばれようものなら、……たぶん絶縁。

これが二十年間、そしてこれからも続く、
六と小六《ころく》の一年を締めくくる行事である。

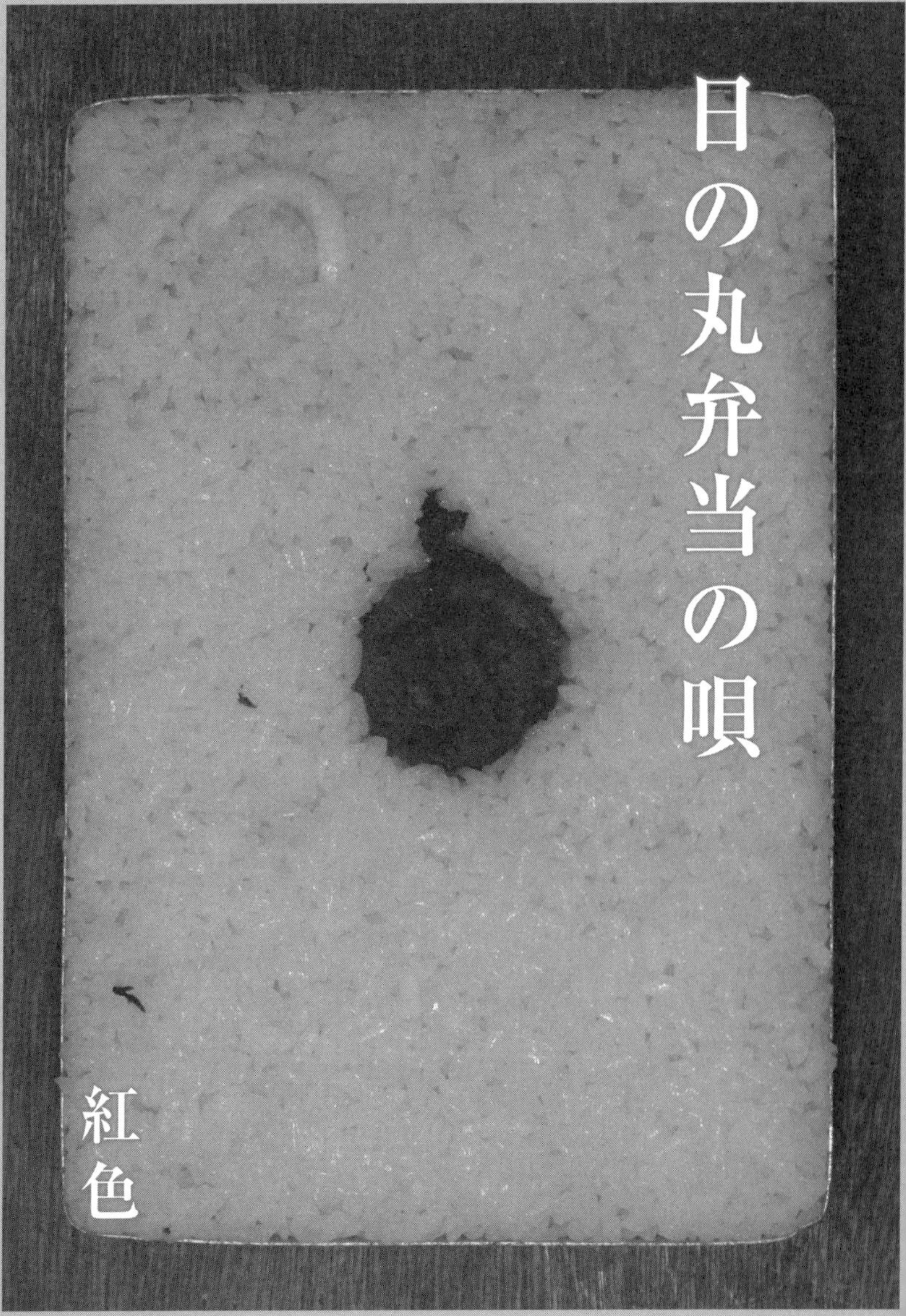
日の丸弁当の唄
紅色

縦二十四センチ×横十八センチ
深さ三十八ミリの金属製のフタを開けると
グッと圧縮されて隙間なく、
たとえば、いまここで、
この弁当箱を裏返したとしても
落ちることのない御飯が、目の前、水平に詰まっている。

真っ白な御飯の広がり。

この、ほぼ中心に位置し
これまた圧縮されながらも、小円をなし、
　いくつもの皺をたくわえて紅一点
　　やや大きめの梅干しがひとつある。

これがいわゆる、
し・ろ・じ・に・あ・か・く、の王道。日の丸弁当である。

だまって無造作に……
フタ裏についた飯粒を丹念にひろいながら
本体の四隅に目を配る。

箸をふりあげて迷わず
まず、弁当箱の左下の隅あたり、
大胆に突き刺し、口に一気に押し込む。

午前の疲れ伴って、
口の中、まだ乾いてままならず、
手こずりながらも、

顎と首を強引にせり出して、
力ずくで飲み込み胸を隆起させ。

苦しさの内にも、腹の底にドンと沈むと
　　しばし落ちついて、味なし。

次に、箸の先端で梅干しに軽く穴を開け、
　　果肉を少しだけ絞り出してすくい、
　　　　隣りの飯につけてほおばる。

眼を閉じてゆっくりとモグモグ動き出し、
ほぐれた頃合いで飲み込むと
かすかな梅のあと味に、
口のなか瑞々しく潤い溢れて。

その勢いで、もう二箸、
真っ白のまま、塊を、
たたみ込んで序盤とする。
大切なのは距離をとって全体像をつかむこと。
この時、下一列を片づけ、
梅干しには小さな傷が、ひとつあるだけ。
梅干し、ほぼ原形を、
とどめていることが誇らしく、
その美意識の高さが我にまぶしい。

すると、左上部に、
淡い曲線が存在していることに気づく。
挟んで引き上げてみると
塩イカのリングがひと切れ、
やや斜めに埋もれていたのだった。

しかし、
塩イカはもとに戻して触れず
梅干し中心部を、思いきって崩しにかかる。

箸にべっとりとついた梅の
およそ半分、口に含んで残りを、
その次と、その次の御飯に配っておいて
素早く白飯を大きく取って、口に押し込む。

はじめて濃厚な梅干しの味充満して
ストレス発散するが、
やや贅沢だったかと
また、突っ走ってしまったかと
　　　　後悔の念渦巻きながら、辛い。

そのあと、
ちょうどいい頃合いで順調に進み
いよいよ、梅干し近くにさしかかる。

ここで、崩れた梅干しを取り出し
右、上段へ移動させて、
残り半分の展開と
目測をイメージしておかなければ、

後々のトラブルの原因を生むこと必至。

ところで、無事、
梅干しの移動を終えた
　そのくぼんだ部分、
　　赤く焼けた白飯の美しさよ。

真っ赤な飯、一粒つまんでマジマジと見ると
表面の赤から薄紫がかって
白にいたるまでのグラデーションに

午前の作業の時間経過と
　自然の不思議を感じずにはいられない。

さて、そんなグラデーションを
愛で楽しみつつ進んできたものの
残りは五分の二。
腹もたまりつつあって、
この先の味気なさの不安が頭をよぎったが

まて、塩イカの存在。

これを掘り出して、つまみ、
前歯の上下で慎重に
ほんの五ミリかじってみる、……〝マズイ〟。

それは、
イカの形をした塩そのものであった。

だが、この塩分により
最悪の事態を回避、
残りの長距離の道筋が確保され
　　　大胆な行動をとることができる。

ここで、
ピッチを上げて追い込みたい私は
焦げついたヤカンの茶を注ぐことにした。

よーく掻き混ぜて
梅の種をよけながら一気に流し込む。

美味い、まずいは、ともかくとして

とりあえずの味はある。
そして、最後のひと口を
種と一緒に流し込み、
梅味をもう一度、口いっぱいに充満させて

プッと吐き出すと、
コンと音をたてて、
種ひとつ転がった空白の弁当箱。

ああ……
グッと、息を吐いて満腹である
少し疲れも伴ってか、ガボッとゲップ。

そんな折、

ふっと隣を見ると
一歩先んじて食べ終わっていた人物が
転がっていた種を再び口に含んで
弁当箱になみなみと注がれた茶を飲み
　　　　　　　　　喉を鳴らしていた。

そのふるまい……
たぶんあれは口の中、
種を転がし
茶に、梅のほのかを感じているに違いない。

……深い。
これは、氏の無言の教えか？
私は見て見ぬふりをして、従うしかなかった。

驚くのは、それだけではなかった。
一気に茶を飲み干したあと
いまだ種、口の中のまま、
　　　　煙草をふかし始めたのである。

あわせて私も煙草をふかし、
氏の熟練に、いまや自分が恥ずかしい。

時、十二時五十分。
氏は午後の作業へと腰を上げて立った。

……私もその背中を追う。
途中、氏が種を吐き捨てた。

土の上に転がった、一粒の梅種。

その種、白く色褪せて……

私はかがみ込んで、その種、じっと見る。

日の丸弁当・銭湯の唄

レモン色

ずらり布団がならんだ大部屋
鉄線で吊ったベニヤ板を水平に、ブラウン管のテレビがひとつ
座布団に散らばった花札。

折りたたんだ布団を背もたれに
　　腕を組んだ、しかめっ面。

西陽射し込む擦れた畳に
筋立った足首と、そのくるぶしが際立つ
　　白のズボン下に、U首長袖の面々。

さて、このたびの現場は、
飯炊きババアつきの風呂なし。

……旅仕事の休日である。

時、十五時三十分。
まるで計られたような寝返りから
目があって無言、アゴ突きあげた合図

とぼとぼと後をついて……
　たどり着いた銭湯、名前は【桃の湯】。

男の、のれんをくぐった二人連れ
さて、互いに洗面器を棚に置き

熟練、首から胸へ汗をしたたらせて
まずは、ズボンから脱ぎ

ゆっくりと上着のボタンを外す
　　その、脱いだ姿が見事であった。

皮膚にピッタリと、はりついたベージュ色
やや痩せぎみでいて、
しかしガッチリとした骨太のラインが
微細な毛玉に、淡く包み込まれている
　　ひさかたに見るラクダの上下。

一文字に締まった口に
青黒く張ったえらの深い毛穴から下
このいでたちとなれば

さすが熟練、
その飯の数の違いを、言わずと推しはかることができる。

さらに
そのラクダの胴まわりには

銀ラメ散らばる
　えび茶の腹巻き、
　　しかも、リブ編みであった。

これを丁寧に、かつ垂直に下げる……

このとき、腹巻とは

夏するものだと冷たい視線
さらには
単なる腹冷え対策だけではなく、
財布と、厄除けのお守り入れを兼ねた
一石三鳥なのであった。

さて、ガラリと戸を開けると、
湯気、乱れなく立ち昇って静かである。

ここで、タオルを左肩にかけて
右、ピラミッドに積まれた
ケロリンの洗面器をとって、
真っすぐ摺り足ぎみに進み

大風呂前で、蹲踞《そんきょ》にて開脚。

ここで
一、湯、少なめにとって左手添えながら開脚の中心へ
二、洗面器、およそ半分とって左右の太腿にかけ
三、歯、喰いしばり、満タンとって頭からかぶる

鮮烈、熱さ全身に走ったこのとき
唇さらに真一文字に絞って迷わず

ガバ〜〜ッと、顔半分まで、なだれ込んで
ブバ〜〜ッと、シブキを吐きながら浮上し
いま、ようやく、

犬のような唸りを伴った呼吸落ち着く。

ああ、ありがたきは、
どうにも手の届かぬ背中のあせもを
この熱さが、チクチクと針となって突き刺し

快感、首から後頭部まで、痺れ上がったところで
追いかけてタオルで、顔面から背中にかけ
　　　　　　　　　　　　力強くこすって痛いが

これぞ、一番風呂の醍醐味。

しかしもう、我慢も限界
曇った鏡の前、

プラスチックの椅子に座り
　全身真っ赤である。

しばらく、うなだれて
視線の先のレバー
青を長押ししながらの、
赤のトンピングでぬるま湯を作り

頭からかぶって、ようやく息が整う。

さて、本日のレモン石鹸、
新品のせいか泡立ちよく、気持ち晴れやか。

全身泡に包まれ、
再びレモン石鹸をとって、
直接すり込んだ頭と顔面も泡。

熟練、目を閉じたまま、ぬるま湯を作り
湯をかぶる直前に開けた目、泡の中にあって真っ赤。
しかも、目尻の皺、泡を絞り出して威容である。
そんな熟練を横目に
私は、かるく湯に浸かって出ることにした。
そこにすれちがって湯に沈む熟練。

脱衣場、私の番号は桃の四番
すぐに服を着込み、
コカコーラを飲みながら、熟練を待つものの
　　　――来ない。
ひとりイスに座ったテーブルの上に
空きビンがひとつ。
そこにガラリ、
タオルを左肩に掛け
眉、吊り上がり、

唇、への字にした形相で熟練現れる。

無言のまま冷蔵庫から取り出したのは
【フルーツ牛乳】

全身から、おびただしい湯気をまとって
扇風機の前、仁王立ち。

いま、目の前で
左手、腰に勇ましくあてて
牛乳ビンを右手に、目を閉じて反り返っている。

……思わず見入ってしまった私。

そこに飲み干した熟練の目が、カッと開くと
その顔、私に向けて満面の笑み……。
リアクションできず、背を向けてしまった私。

日の丸弁当・ワンカップ酒の唄

夕暮れ色

汗ばんだ首筋にタオル一本
いま、どっと腰を下ろし、雪駄《せった》に履きかえて
両の手でパンパンと叩いてほこりを払い、
地下足袋、揃え合わせたところで
　　ハイ、今日の仕事はここまで。

陽に焼けた横顔、
深い目尻の皺に影を落とし
西の山に陽が沈む。

帰路のハンドル
迷うことなくいつもの角店へ。
無表情な店主と、

目を合わせることもなく、
右ポケットに手をねじ込むと
【清酒百八十ミリ】辛口二本が、スッと出る。

本日店主から、
　さし出された【あて】は、
　　サンマ蒲焼、ホテイの缶詰。

つり銭を見ることもなく、
言葉も交わさず
ただ受け取って
だまって立ち去る。
これぞ、『あ・うん』

長い間に培われた
信頼と信用のたまものである。

さて、
縦格子の玄関
いつも通りの小さな居間
弁当箱を投げた飯台、いつもの定位置。

つまだてて膝ついた体勢から
すぐ一本握って、
フタを切った勢い止めきれず。

グッと、ひと口、
　　のど二回鳴らして息をつぎ

追いかけて、一気に飲み干し
　　　またやってしまった。

いま数回、咳き込んで
　　　鼻から抜ける酒の息に、
　　　　　目うるんで視界がゆれる。

砂地に吸い込む水の如く、
……じゅわ～っと、しびれる腹の底。

我が五臓六腑にしみわたって、
　　　思わず口ずさんでいた
　　　　　あの二代目、広沢虎造の名調子

文久二年の三月の半ば
　いずこも同じ花見どき
　　さくらの花は満開の
人の心も春めいて
　　なん〜となく、いい気持ち

（二代目広沢虎造「清水次郎長伝　石松金比羅代参」より）

ここではじめて、あぐらをかいて
　左手に缶詰、右手でつけたＮＨＫ
そのまま次のカップのフタを切りつつ、
　見あげた柱の時計、残りざっと、二十数分。

さて二本目
これからは、カップ酒に小さく口を運ぶ。

……ぬるい。

ほろ酔いのひびき、心と体の隅々までいきわたって
やはり酒は常温。
その奥深さは、
　日本の四季のように、うつろってゆくところにある。

そう、じっくりと、
　　あえて、もったいぶって漂う。

この繰り返しの楽しさ、まさに至福のとき。

ふっと柱の時計を見ると
もう、十二分が経過していた。

ここで、
割り箸、ガボッと口の奥まで突っ込んで
　　　　　　　　　　唾液とからめてしぼり
サンマの切り身、大きく取ってほおばる。

しばらくは
この甘だれの醤油味のみで飲む。

やがて、カスカスになったサンマの塊。
ゴクンと飲み込んだ、喉ごしの中ごろ、
　　　　　これを、わずかな酒で追いかける。

詰まりぎみ、ほどけてゆくこの違和感と

苦しさが、いまや心地よい熟練の技。
二杯目の酒
気づくと残り半分となっていた。

いま、酒に対して
サンマ蒲焼の残量が微妙に多いこと
ときにこうして、バランスを崩してしまうのが悪い癖。

終盤に備えて
微調整をしつつ進み

蒲焼ひと口、残したところで
酒四分の一となって、修正は順調、狙いどおりである。

しかし、やや、のんびりしすぎたか？

残り時間あと二分
そのとき急に、気持ちが焦り出した。

酒屋の名前が刷られた紙袋に
　飲み終えた一本目の空ビンと
　　いびつに曲がったフタふたつを慌てて捨てる。

動作は加速。

サンマの残り口に放り込み、
四分の一の酒を、ガボッと口に含んだまま

空になった缶は汁をこぼさぬように紙袋へ
横目で柱時計を睨みながらゴクリ
ここまでで四十秒の経過。

そこにガラガラと開いた玄関の音
……女房が帰ってきた。

バタついてあぐらをかきなおし、紙袋は飯台の下。
女房、黙って目の前を通りすぎ、居間の窓をバンと開けた。
シマッタ！
甘辛い臭いが充満していたか？

しかし、あまりに乱暴なふるまい。
炊事場に立ったまま
　ふり向くことのない女房の背中。
ならば、こっちはこっちと
　　　　一本取り出して、
　　　火をつけたタバコ。
ニコチン肺に沁みて、
　吐き出した煙、水平に漂い
無機質に流れているＮＨＫ……
「オゥ、一本つけてくれ」……。

左官メタモルフォシス
黄色

左官とは、土やセメントや石灰を主な材料にして、建物の外壁や内壁、土間などを塗る仕事である。ところが、自分の左官は、意外な進化を遂げつつある。それはまず、とびっきりの「一枚の塗り壁」からはじまった。

左官は土（またはセメント）を塗っているとほとんどの人が認識しているけれど、実は左官は〝水〟を見ている。水と土、砂、セメントなどを微妙に配合（塩梅）し、陽の光や風や湿度によって変化してゆく壁の「水の引き具合」を察知して、下塗り、中塗り、上塗りをしているのである。

水分が徐々に抜けてゆくその限られたタイミングの中で、いく通りもの技能と素材の仕掛けを盛り込み、狙った時間帯で素早く作業を終える。たっぷり水分を含んだ塗りたての壁は、やがて水が抜けることで、土の中に混ぜ込んだ藁や砂粒の微細な起伏が現れ、柔らかな粗面が浮き立ってくる。そこに左官の【表情】が生まれる。

とびっきりの塗り壁は、こうしてできあがるのだ。
「いい壁ができたなぁ」と、皆、満足そうな顔つき。
「それなら次は、このとびっきりの壁で、
部屋の四方をぜーんぶ塗って囲まれてみたら
どんな感じがするんだろう」

できあがった部屋の真ん中に立って、なるほど、とわかってくる。

そのやわらかな【空気】の心地よさに皆がやさしい部屋だな、と感じる空間が生まれたのだ。

〝今度チャンスがあったら、四方だけじゃなくて天井や土間も含めた内部全部を塗ってみよう〟

すると部屋は、繭のように塗りくるまれた【空間】となって、俺たちは寝ころがって
安心感に包み込まれるのを感じていた。

あるとき、無機質で仮装的な、
カタログから選ぶ工業パネルの組み立てになってしまった家並みに息がつまり、
「やっぱり外壁は貼るんじゃなく、塗らなければダメだ！」と
大きな外壁を、大胆にぐるり塗りあげてみると、
その家は遠くから眺めるほどにドッシリと座り、
ザックリした素材が光と影をまとった、根のある【建築】に変わったのである。

つくることのすばらしさ。

地に座った建築の存在感に、左官の喜びと誇りを俺たちはあらためて実感したのだった。

「左官は自由自在だ」そう思えて、もう一歩前へ出てみる。

〝だったら、玄関先の石積みや、アプローチのテラスだって、
建物をとり囲む塀や門柱だって、俺たちならすぐできる！〟


今度は、自然石を微妙に組みあわせた庭づくりや、

湧き水が舐めるように流れる水路をつくり、そこに山採りの名もない低木を植え込んでみた。
そこには、空や、背景にある山々が、うっすら雪化粧をした雪景色に溶けあっている、
【風景】に進化した左官があったのだ。

左官が風景の一部となった。
〝左官は風景をつくることができる‼〟

そのうちに、俺は仲間たちにこんな訓示をするようになっていた。
「俺たちの塗り壁は、土と水と光、この三つを微妙に感じとって、
自然と折りあいながらつくっているわけだから、山野草を植えたり育てたりするときも
左官の五感があれば、その自然の声を聞くことができると思わないか。
これからは、
自分たちにできる範囲の自然との関わりすべてを、俺たちの左官と考えよう」

実は、十年以上前から、大正時代に建った小さな洋館を譲り受けて解体し、手つかずの雑木林二千坪の中に自分たちの手で移築する、そんな夢を続行している。鬱蒼《うっそう》と広がるクマザサを刈りとったり、樹を倒して地ならしをしたり、樹林全体に自然な石組みで散策路をつくったり。

植え込んできた山野草たちの生き生きとした新芽を、とびっきりの壁の塗りたてのような気分で眺めている。

三年前、ドラマが起きた。

五月の日曜の午前。ハラハラと、何度か視界に入ってくる一羽の蝶を気にすることもなく、育ててきた山野草の成長を確かめていた。

しばらくしてハッとふり向いた。

植え込んでいた山野草の「アオイ」の上を、蝶が繰り返し舞っている。まさか！　一瞬、目を疑った。

〝『春の女神』だ！〟

それは、絶滅危惧種第二種に指定されたギフチョウだった。黒い縁どりの黄色い翅《はね》に、赤と青の斑点の鮮やかな模様から、別名『春の女神』と讃えられている。サクラの開花にあわせて春の二週間だけ、カタクリやスミレ類などが咲き競う野山を舞う蝶。四季の美しい日本でも、自然界の最高傑作といわれる野生のギフチョウが、目の前に一羽、舞っていたのである。

ギフチョウは雑木林のシンボル。
芽吹いたばかりのカンアオイの葉に卵を産み、
幼虫は若葉を食べて成長し、
初夏には地面に近い場所で蛹《さなぎ》になり、翌春まで眠りにつく。
森林に太陽の光が差し込む、光と緑の絶妙なバランスの中に生きるギフチョウは、人間と自然のすきまを棲家としてきたが、人間一辺倒か、自然一辺倒に二分されてしまった現代に、生きる場所を失い、絶滅に追い込まれた蝶なのだ。

そのギフチョウは一度限りで消えてしまい、もう帰ってはこなかったが、なんとそのあと、アオイの葉裏に卵が産み落とされていたのだ。

あのとき、俺は蝶の産卵を見ていたのだった。


ギフチョウは生き延びようと、俺たちの場所を選んだのだ。

それは言ってみれば、一枚の壁が一歩ずつ進んで蝶になった瞬間ともいえた。

卵は俺たちの樹林で十五匹の幼虫となって、必死にアオイの葉を食べているのだった。

翌春、五羽のギフチョウがこの樹林に住みつき、いまでは毎年春になると、俺たちの肩や足元を、からかうように、たくさんのギフチョウが舞っている。


——自然と人間のあいだ——。

その調和の中に身を置いていると、ふと我を忘れた時間が過ぎていることに気づく。

左官は「人間と自然をつなぐことができる」のかもしれない。
あるとき、ふと、もしも。
もしもここに、病を持った人を招いたとしたらどうだろう、と思うときがある。
人をもてなし、癒すことのできる空間と景色は、
病にもよい影響を与えるほどの、想像を超えた力を持っているのではないだろうか。

そう考えると、「ホスピタリティ」という言葉から想像されるイメージは、
けして左官と遠いものではないのかもしれない。
つまり、左官は病院やホスピスとそう遠くないとしたら、
その空間をつくり出す仕事も、左官の仕事と言えるのではないか。

俺たちの表現は、肌ざわりであり、気配であり、水を命としているのだから。

いまの自分は、左官という言葉で世の中に認知されているけれど、

自分たちらしい変革と転身であるなら、
たとえ「左官」という職業でなくなってもいいと思っている。

新しい組み合わせ、新しい企画。
どんなジャンルでも、どんな人物であっても、
認め合えれば、引き出し合えたなら、新しいなにかが生まれる。

俺たちは新しい仕事、「左官、メタモルフォシス」になりうるか。

夢の館
琥珀色

職人社秀平組、社訓

一致結束
一喜一憂
一攫千金
一網打尽
言語道断
横断歩道
断崖絶壁
頑張リマセウ
一歩進ンデ、二歩下ガル。

これからは、どこまで行けるか、俺たちになにができるか、冬を越す蜂のようになって進むんだ。

水を汲みとる方法も、火を起こすやり方も。

たとえば人に、この時期の種まきではいい収穫はできないと忠告されたとしても、
話を笑って聞いて、そのまま笑って続けている。

十一月の霜の降りた朝、樹林の中は、ゆらゆら木の葉が落ちる。

掃いても掃いても、ゆらゆら、ゆらゆら落ちてくる。

俺たちは、目の前のことにいつも夢中になっているけれど、
でも、ほんとうの先は、遠い、遠いその果て。

*

たどり着けなくてもやってみようと決めて進んできた夢。

夢は、十四年も経っているというのに、まだ道のりの途中だ。

けれど近ごろ、もてなしをしている浮き立った気持ちが、いつかの夢が、

ふっと目の前の風景の中にほんのかすかに、幻のように見えては消える。


その夢の中を、夢見てみる。

もてなしの一夜は、まず門を入って暗い坂道を進んだ先の、大きな石の受付からはじまる。ここは、限られた招待状を持った人たちのみが集まる特別な場所。

石の受付には、ろうそくがふたつ。

二人の受付の係が、いかにも不慣れで不器用に小さくお辞儀をして、招待状と引き換えに真鍮でつくった記念の鍵を手渡している。右斜め後ろの石の囲炉裏《いろり》では、真っ赤に燃える丸太の弾ける音、パチパチと舞いあがる火の粉が、夜空に消えてゆく。

その横に、六畳くらいの小さなかまど小屋があって、三連の口を開けた深草色のかまどを、焚き火のあかりと「赤土の磨き壁」が、つやつやと、とり囲んでいる。


今夜は、この館が招待した人たちの集い。もちろん予約なんてない。

友達の友達っていうのは、おことわり。

ライトアップされた樹林は、青い夜に浮き立って鮮やかな若葉が館を包んでいる。
時間厳守。長いアプローチのその先にある、窓あかりに向かってゲストたちが集まってくる。

館は一見、洋風である。けれど入り口には提灯がぼんやり灯る和洋折衷で、
主人は一九六十年代のシャンデリアの玄関でやや緊張気味に出迎えて、
「本日はようこそ、オイデシマシタ」と、すこし言葉もつれながら、
出迎えの挨拶は短めに、けれど濃密に、一人ひとりを広間に招く。

広間は、「春慶塗り」という漆仕立て。間接光が朱の漆に反射して空間は琥珀色に柔らかで、
床の縁取りの寄木細工がはんなりと琥珀の光を跳ね返し、
両開きの窓を開けると向こうに、焚き火あかりが見える。

テーブルに向かいあって腰かけた八人は、みな個性豊かである。
着物を着た女性

ドレスを着飾った女
紋付き袴の男性
アスコットタイの男
そこに、なんでもない普通の、すっとぼけた人の好い男もいる。
主人は短めの襟を立てて、ラフなジャケットの内ポケットにピンマイクのトランシーバーを忍ばせて、テーブルに着いたゲストたちへ、お好みにあわせて自由にグラスをどうぞと、簡単な挨拶をして……、あとはその場任せ。

顔見知りも、はじめて顔を合わせた者も、
雑談のうちに、話題を見つけては、自然な会話を繰り広げている。
シャンパン、自家製葡萄酒、日本酒、ウイスキー。上等なブランデーだってある。
ゲストのひとりが、今夜の招待に感謝の言葉を返してくれる、
するとひとりが、少し詩の朗読をはじめたりする。
主人はゲストたちの自由な話題にうなずいて驚かされたり、もっぱら聞き役に徹しながら、

さりげなく胸元にささやく。「6」

これは、〝もてなし番号〟6のこと。

すると、ライトアップしていたライトの位置が変わり、樹林全体が、まったく違う風景に様変わりするのである。

〝もてなし番号〟「9」は、いま畑から掘り出してきた前菜をどうぞ、の意。

「11」は、メインディッシュの用意を合図する。

たとえば「18」と伝達すると、広間から見える向こうの正面、かまど小屋の前で数人の子どもたちが花火をはじめ出す。火薬の匂いが、風にうっすらと広間に運ばれる。

やがて、教員もどきのような指揮者と数人の楽団、チェリストも現れて、弦楽セレナーデ、ユーモレスク、浜辺の歌の演奏をはじめるのだが、それがときどきリズムが狂ったり、途中で止まって、またやり直したりするのだ。

今度は、小さな笑い声が聞こえてくる。

もてなしの仲間たちが、向こうの石の囲炉裏で火を囲んで一杯やっているらしい。

唇をへの字に曲げたり、片目をつむってこめかみを吊りあげているゲストや

咳払いをしてニヤけているゲストに、主人はさりげなく、

「これ、つい最近、見つけたものですが」と、

掘り出しものの骨董を一品、見せたりする。

それから……、それから……。

石積みの星見広場を案内しよう、これはもてなし番号「25」。

春夏秋冬の星座の解説をはじめて「26」。

もてなし番号「30」は、三年前に敷地だけは用意した風の茶室、

いま、オリジナルな網戸を考案中だ。

名前は【涼庵】にするつもりでいる。

これから、塗り壁仕上げをはじめる仁王門は斬新に。
ここには書けない、秘密のもてなし番号41・42・43……。
つくったりやり直したりを繰り返している十四年、
しかし確実に一つひとつを積み重ねて、十五年目の春を迎える。

いま、ここに物語のようなことを綴った。
……自分で書いていて、すこしクサイと思う。

しかし俺は、これを限りなく本気に思っている。
なぜなら、俺たちが結社していまがあるのは、地元だけではなく、
東京をはじめとした、いろんな人たちとの出会いがあったから。
世の中が、どんどん様変わりしてゆく中で、

もっといろんな人たちとの出会いの場を求めるだけではなく、
自分たちからもつくっていきたいのだ。

それが左官でも、左官とはまったく関係のない仕事でも、
そういう新しい出会いを待っている、二〇〇一年、結社したときよりも強く。

職人社秀平組の第二期は、きっと、そこからはじまる。

（職人社秀平組　連絡先）0577（37）6226

冬到来の雪

白色

初雪は、いつも十一月二十日前後にチラチラと舞う。

十二月二十八日、

その夜、降り出した雪は

闇の中から、湧き出でて

暗がりを隙間なく落ちては消えて

地平の一年の熱を奪っていく。

あとから、あとから、揺れながら

あとから、あとから、とめどなく降り落ちる、非情の雪。

吹きあがり、巻きつく風の雪が小枝の熱をも奪い取る冬到来の雪が降り出した。
ガラスのその向こうは、今夜が、今年の終わりだと告げる窓。
それはこの一年を過去と明日にわける、到来の夜。

自分をとりまいたこの一年の、
流れ去ってゆくものと、自分に残されるものとが宣託される夜なのだ。

翌朝、灰色をつつんだ雪の景色を、灰色の空が覆った朝、
　小さな焚き火に手をあててポケットの、
　　いくつものメモを、昨日までを燃やす。

陽が昇り晴れわたると、消えず残った宣託の朝は
目の前、命が鮮明に
むき出しに
浮き出したかのような朝。

風なく
雲なく
空青く
非情なほど、新しい朝。

冬と春の隙間に
真空色

斜面にくずれた霜柱

水みどり揺れる
薄氷のレンズに貼りついた枯葉
春、まだ遠い三月の冬の終わりの午前

冬と春の隙間に、まっすぐ注ぐ真空の光

草間のひだまりの濡れた土と
むき出した根をのぞき込むと
地表からの湿《しめ》り熱《いき》れが
いま吐いた息を、土の匂いに変えて押し返してくる

吸い込んだ匂いは、この胸の中をかきまぜて

うっすら汗ばんだ額の熱を、すっと吹きぬける風がさらってゆく……

乾いた枯葉、カラカラン

地表の生々しい微熱と乾いた陽射し

まだ生まれるまえの、
脈打つ眠りが入りまざった　逃げ場のない不安
子どものころから、春が嫌いだった

午前の針が息吹きの穴をあけて

土の息と、草の息と
この息が充満したあと、正午の針がその穴をふさぐ

あたりは真空に切りとられ、空はただ高く、無風
一面の枯葉、カラカラン

地表はからっぽ　空もからっぽ、カラカラン
わたしはひとりで　乾いた枯葉を握りしめては
粉々になった葉を、指の隙間からサラサラと落としていた

唾液のない喉を飲み込みながら、立ちあがると膝や足が重い
身体の力が抜けていくようなけだるさに
手かざしに透けた血の赤さに、うっすらと幼いころが蘇る

こんなとき、手を引いてくれていた記憶
乾いた鼻を舐めあげられていた感触
ぽとぽとと顎や首もとまで伝って落ちていた涙

斜面の霜柱が消えていた

なにか割れていくような錯覚の中で
粉々になって残っていた手のひらの枯葉の粒が
肘や膝や、この胸にも無数に貼りついて
風が吹くたび、散ってゆくのである

それはわたしの身体から散ってゆく冬の殻

空に枯葉がこすれあい　青さは、高く突きぬけ
かすかな響き、カラカラン

しばらく空を見上げていた

視線を戻すと、樹林の地表は絹の布

わたしは大きな白い布の上に立っていた

ここはどこだろう……、固い芽は、まだ土の中

すると、
わたしの肩から、背から、白い糸が布の端へ向かって流れていく
糸は布の端にたどり着くと、
それを持ち上げ、わたしへと引き寄せて

幾本もの糸は、布を折りたたみ、四方から立ちあがってくるのだ
布は折り紙のように幾度も折られて
わたしは白い多面に、囲まれてゆく……

立ちあがる布は大小数十のスクリーン
そこには、これまでの懐かしい光景と
　　　　憧れて見果てぬ夢に終わった景色が
　　　　　　一斉に上映されている
白い布がわたしを包み空をふさぐと、
小さく小さくなって、やがて楕円の塊に
それはまるで繭
真空の空、カラカラン

垂直に注ぐ光線
冬でもなく春でもない隙間に生まれた繭は
　　　　　　　　透明な場所へ引き上げられていった

このままが消えたとしても残る願い
筋を引いて薄れてゆく雲を眺めて、いま春を待つ
　　　　　　　　牙、白磁、白骨の太陽、垂直の影

繭は消え
雲は薄れ
空は、流れた

生きる街
NY色

二〇一三年、文化庁の派遣する『文化交流使』として、ニューヨークへ行った。
経済も金融も、メディア、ファッションや広告業界、芸術も、
ここが世界の最前線、世界に大きな影響力を持つ街、マンハッタン。
ニューヨークが、東京の未来に一番近いところだとしたら
自分の未来と重なりあえるか、それとも別世界なのか、
つまり、「自分たちの未来を少しでも覗けるかもしれない……」
そんなヒントをつかもうと、海外が苦手な俺がニューヨークに飛び立った。

そこでまず感じた第一印象は、なぜか〝パリ〟だった。
「どうしてパリが浮かぶんだろう?」
パリとニューヨークはまったく違うじゃないか? と、
心内で自分を苦笑いしたことをよく覚えている。

人種のるつぼといわれるアグレッシブな街は

歩道で独りごとを叫んでいる声、
どこかしこでぶつかりあって鳴るクラクションで、携帯がまともに聞こえない。
ゴミを捨てる奴、そのゴミを片っ端から乱暴に回収する奴、
路上のゴミや、タバコの吸い殻の投げ捨てなんて、ガタガタ言っていられないくらい
街が、激しく流れる人の息と熱気であふれ返っている。

マンハッタンは現代の超高層ビルの中に、一九〇〇年代初期につくられた
ブリック（レンガ）の高層ビルが混在して並び建っている。
その巨大なブリックの外壁面に、陽の斜光がビル群を舐めるように射し込むと、
積まれたブリックの、一つひとつの凹凸のぶれが、まるで海原のように浮き立っている。
見上げていると、あんなに小さなブリックレンガのモザイクひとつから、
百年を刻んだ風が過ぎてゆく人びとに巻きついているかのように、街が光を吸い込んで、
ザブ〜ンと大海原に投げ込まれたような、圧迫と重量感が漂っている。
街のどこかで、外壁に吊るしたゴンドラに乗った職人が、常にレンガの補修作業をしていて

それが目にとまると、あのビルにも、あそこにもと、
その補修の跡が、視界のあちこちに見えるようになってくる。
ごった返した人と車と出店、
ガタついた電車、
つぎはぎだらけの舗装道路、ゴミ、ゴミ、ゴミ。

至るところにたなびく星条旗、ビル風に立ち昇る枯葉、
なにもかもが大雑把で雑だが、見るものすべてが、ざわめいているのだ。
そのざわめきにあおられて
「生きなきゃ」、そんな前向きな身震いに押されるように歩いている。

ニューヨークに少し慣れると、視界が広がり、
超高層が反射する光とブリックのビルの光と影、
影と光、

影と影。
光と影は、見上げるたびにザラザラとした肌あいを浮き立たせて
『重量感』『歴史観』『いいも悪いも、ごった返した存在感』
クシャクシャに投げ捨てられた、紙くずに纏う光と影までが浮き立って、
ズシンと座った、存在感としかいいようのない街の景観を生み出している。
これは、確かどこかで……。

そうか。

光と影とは、つまり厚みなんだ。

厚みを持って重なり合う景観が、ざわめきを感じさせているんだ、と解る。


確かそう、これはどこかで感じた感覚だった。

街自体の景観はまったく違っても、いま感じているこの空気感は、パリと限りなく近い。

あの、最初の印象はこれだったのだった。

よくシンプルであるとか、洗練されているとかが、日本的な美意識として語られて、現代の生活の中でも言われることだが、そのシンプルが、いつのまにか勘違いしたシンプル＝無機質に変わってしまっているように思う。

誤差数ミリのパネル、ガラス、微かなホコリも許さない純白の内装、鏡のように磨かれた大理石の床、一様な印刷パターンでできた組み立ての大壁……。それらは、どれも正確無比で、清潔感を過ぎて無菌とでもいうか、ゆがみを許さず、遊びを許さず、傷を許さない。つまり完璧という形で死んでしまっている。

最近のモダンな建築や住宅となると、それが顕著に表れて、無駄な線を省いてシンプルにすることがデザインだというのが大方で、初めから一本の線しか考えていない、その背景に厚みも柔かさも感じない空間ばかり。

そんな傷を受けいれない硬い街は、

〝生きる〟が薄れ、なにかエネルギーが宙に浮いてしまっている。地についていないのだ。

この感覚は、いまや日本よりも海外の方が敏感に持っているように思う。


昔から日本人は、割れたり、欠けたり、ヒビの入ってしまった陶磁器を漆で接着し、接着部分を金で装飾して仕上げる「金継ぎ」という修復技術や、異なる器の陶片を継いで楽しむ「呼び継ぎ」という文化を持っていた。

〝傷〟〝跡〟の表情に、ときを想い、美を生み出していたのである。

人の手をかけた痕跡、こだわり、立ち止まったり、うなったり、人間味、柔らかさがあった。


シンプルとは、幾重にも重なった線と起伏や素材感を持ちながらの洗練。

それが日本の誇るシンプルな美意識だったはずなのに。

たとえば同じ形状の屋根を重ねた、五重の塔のように。

たぶんニューヨークとパリに感じる共通点は、街自体が持つ、幾重にも重なった線や起伏や素材感。それらの光と影を帯びた手づくりの跡なのだ。一面の外壁や歩く歩道に、いまと、三年前と、十年前と、五十年前の傷が、その傷を補ってきたゆがみが、いまを生きる営みと一緒になってざわめき、人の暮らしの猥雑さを許容している。

「生きていかなきゃ」と顔を上げる気持ちは、このざわめきから生まれている。

ハーレムのゴスペルや黒人のミサに行くと、黒い服装に赤い帽子と一応の統一はあるものの、思い思いの帽子や衣装に身を包んだ重量級の黒人女性たちが同じステップを踏みながら、ステージに向かって入場してゆく。黒人女性たちはスーパーの店員だったり、この地域に住む一般の人びとらしいのだが、ふぞろいでいながら、いったん同じリズムで揺れ出すと、教会がきしむほどの声量で、向きあう人たちとすさまじく響き合う。そのふぞろいでいながらの響き合いが、自分には線の重複に思えた。

人間が息を合わせて魂を揺らし合うド迫力に、
全身鳥肌が走ったあと、なぜかボア～ンと目頭が熱くなって止まらなかった。

ニューヨークでは、建築士を対象としたモーニングレクチャー、ランチタイムレクチャーを
何度も行う機会があったが、聞くと皆
「私たちはブリックのビルを守ってゆく使命を持っている」と誇らしげに言う。

よく、ニューヨークは歴史のない街だと言う人がいる。
しかし、東京とニューヨークの都市に見る厚みとざわめき
二つの都市の歴史観と重量感は、すでに逆転している。
それは確かな予感、いや、予感ではなく近い将来。

そして日本はこの先、
どれだけのものを失ってゆくのだろうか。

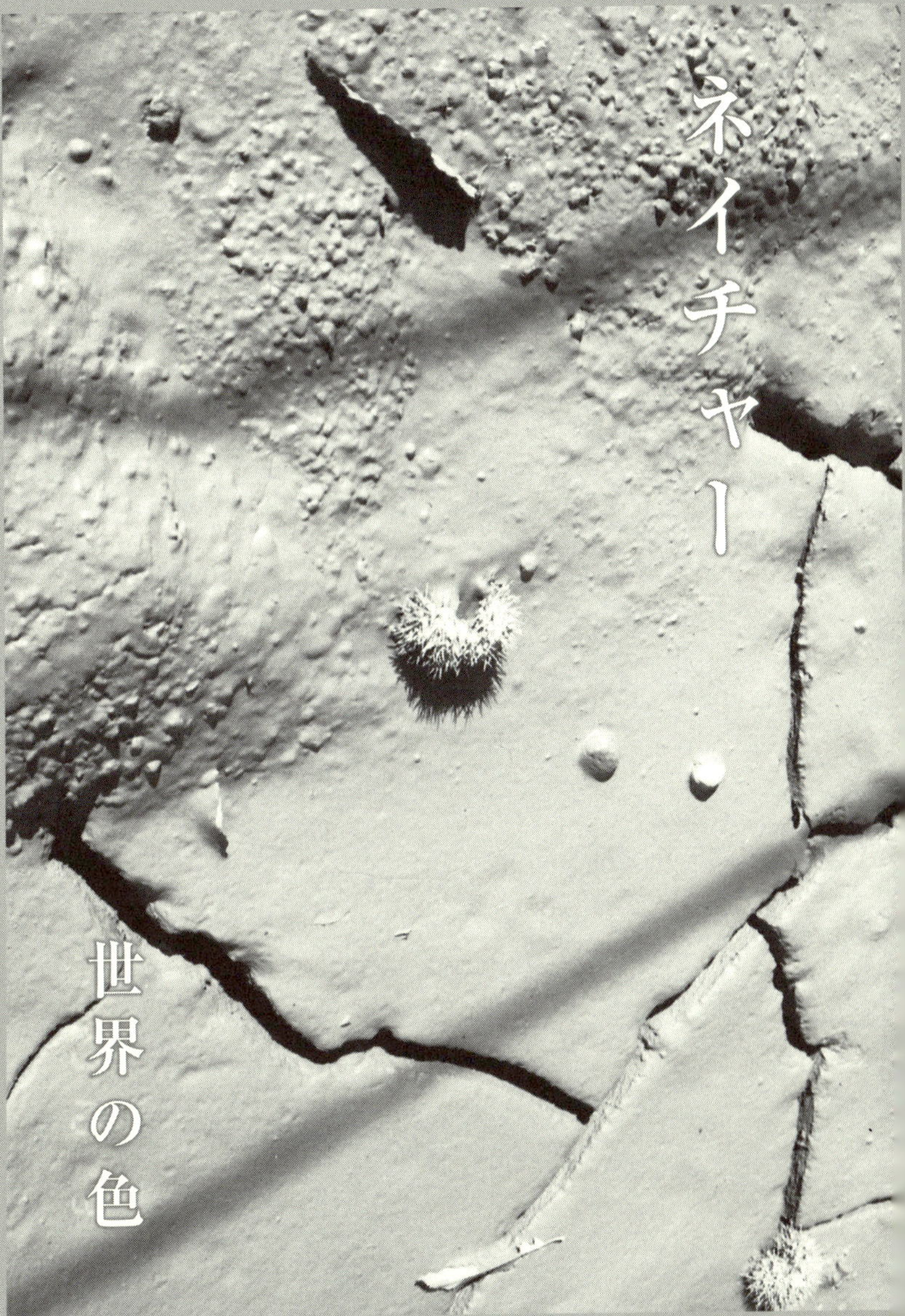
ネイチャー
世界の色

「ニューヨークで試す＝それは東京の未来を計ること」

そう信じて感じようと、
ニューヨーク、現代アートの中心部チェルシーで、個展を開くことになった。
まさか、こんな夢のようなことが人生に起きるとは思ってもいなかったから、
このチャレンジをよくよく大切にして、その試みから少しでも多く感じ取りたいと、
この貴重な舞台に、ある決めごとをして臨んだ。

まず自分を
「日本の伝統的な技能者、職人であり、日本の文化を背景にしている」と言わないこと。
「伝統、文化、職人技、日本」を語って、お決まりの概念が張りつくことで
ニューヨーク社会のリアルな評価、素直な感想が聞けなくなっては意味がない。
とりあえずは伝統や文化に頼まず、ニューヨークに日々集まっては捨てられるアートのように
「ただ、表現だけをあらわし」

それをニューヨーカーがなんと言うのか、裸をさらしてみようと考えたのだ。

チェルシー地区での個展は、三十の壁の作品を並べた十四日間であった。

ニューヨーカーの感想としては、

「これらにクラフトという印象は受けない。

どちらかといえばアートの域だと思うが、そう言ってしまうとありきたりになってしまう」

「なにかとても新しい、『ネイチャー』という感覚が伝わり、私たちの心が温かくなってくるのです」

という意見が大方を占めた。

さまざまな人が自分に話しかけてくる『ネイチャー』という言葉が、

こちらもはじめて感じる意味を持っているように聞こえてきて、

日本で言う『自然』や『エコロジー』とは、違う感覚で伝わってくるのだ。

作った三十種は、繊細なもの、大胆奇抜なもの、書のような即興的なもの、できる限り手を加えない素材感だけのものと、できるだけ多くの表現を意識して展示した。

日本人の好みそうな精度と緻密さのある作品は、一応「素晴らしい」と、とても評価されたが、ニューヨーカーが立ち止まっていたものは、そういった精度とか緻密さではなく、素材感が前面に出ていて存在感のある作品。それが、圧倒的に支持されたのである。

その存在感とは、ひとつの自然素材をそのまま生かしながら成立させているもの。見方によっては、大胆というかガサついているというか、ザラザラしてランダムな表現、自然（素材）の利点・欠点が共存しているものばかりだったのだ。そういう作品を彼らは『ネイチャー』を感じるものと言っていた。

そこで直感したのは、日本人の自然観と、西洋の自然観が違っている日本人の言う自然と、ニューヨーカーの『ネイチャー』が違う、ということ。

最近は、樹脂と顔料で土風につくられた工業的塗壁材を、本物の土壁だと本気で思い込んでいる人に、どれだけ出会ったことか。「土壁にひび割れが入った」「無垢の木板が割れた」ことを、欠陥だと真顔で訴えている人に、どれだけ会ったかわからない。

なんだか日本は、自然＝エコロジー＝経済の思想でなんでも数値に置き換えて表すようになっているんじゃないか。やがてその自然観が職人仕事を受け入れなくなってしまった。

ニューヨーカーが俺に言ったのは、
「作り込まれたものよりも、自然そのものの表情に、私たちの心が動かされてしまうのです」
ということだった。

「利点欠点の両方があって、それが自然なのだから」と言う人が多かったことは、新鮮な驚きだった。

つまり

『ネイチャー』＝自然を受け入れる心

＝自然の本質を見つめる考え方

だというのである。

そしてそれが、これからの世界に共通して響き合うことのできる新しい概念なのではないかと俺はニューヨークで感じ取って戻ってきたのだった。

十二月に帰国してすぐ仕事の打ち合わせがあった。

物件は東京の外資系・超高級ホテル「アマン東京」で、現場を案内されて、ここを任せたいと頼まれた場所は、

B1階の玄関口

三十三階のエントランス

三十四階のスパ

いずれも、エレベーターホール正面の大きな壁面で、ホテルの顔になる場所ばかり。やりがいとプレッシャーで、つい無口になってしまうくらいの見せ場だ。

ヨーロッパ系と東南アジア系の女性設計士たちの通訳を介した説明のあと、俺は二人に、

「わかりました。まずはこの仕事を請けるにあたって
あなた方の望みを叶えるために、あなた方の望みを私のアトリエで聞きたい。

そのとき私も、あなた方に幾つかの提案を用意して待っています」と伝えた。

二月。通訳を伴い二人の設計士が高山にやって来た。
事務所にある百枚以上のサンプルの他に、今回のための提案サンプルを三種見てもらったのだが
今回は試作サンプルを作りあげるまで、特に悩んだ。
場所、人、色、肌、明、暗などがキーワードになるだろうと直感していた。
その上で、あの場所にふさわしい壁をどう提案するのか。
悩んだ末に俺なりに大胆に作った、まったく違う個性のあるものを三種見せると
設計士は、しばらく黙ってからこう言うのだった。

「秀平、あなたの緻密さや技能力、また表現力をすでに私たちは知っています。この三種は、どれを見ても、とても素晴らしいと思います。けれど、今回、私たちがあなたに望むものはこれではないのです。いま私たちが望むものは、緻密さでも表現力でもない。あなたの持つ技能と素材での、自然の存在感が欲しいのです」

「東京は素晴らしい」
「しかし、この街は、すべてがどこを見ても硬く、清潔で、無機質でしょ」
「私たちは世界を相手にしているのです」

あえてそれを作らなかったが、そのとき俺の感じていた迷いは当たっていた。ニューヨークで感じた『ネイチャー』を求めているんだと、実感した。チェルシーの体験がそれを納得させていた。

「わかりました、もう一度すべてをふり出しに戻して作り直します。次回はそれらをもって、私が現地に伺いますので、もうしばらく時間をください」

パリとニューヨークで感じた、「ざわめき」。それはまさしく、『ネイチャー』を望んでいた二人の設計士の求めるものだった。

数か月後、壁が完成した。

『ネイチャー』を作り上げることは、どこまでが作為の表情なのかどこまでが心地よいラフさなのかなどの出し入れがとても難しく、ともすればただのヘタにも見えてしまう。日本だったらクレームをつける人もいるかもしれない領域で、まさに、作り手も受け入れる側にも審美眼がいる。

もともとこのような感覚は、日本人が持っているものだった。

けれど経済的な効率や、工業化された製品を追いかけているうちに、
正確、緻密、清潔、強度、均一性と、安全や保証が基準となって、
それらを網羅することに腐心する段階で、すべては無機質になってしまう。
そうなれば、人の手から生まれるものは、もはやすべてが〝ぶれた欠陥品〟。
『わびさび』『もてなし』など口にはしても、その心はもう遠い。
本当に手のかかった温かいものが求められる場面はもう、ごく限られた一部にしかないのだ。

消費税10％が職人にまで及べば、手仕事はますます激減するだろう。
これからの日本で、
本質的な『ネイチャー』という感覚が取り戻されてゆくかどうかはわからないが、
職人は『ネイチャー』を考えてものづくりを続ける以外に道はないというのが、俺のいまの結論だ。
パリやニューヨークで感じたことは、
日本人が培ってきた素材を見る目や素材の扱い方に、海外の人たちは新しい哲学を見ていたことだ。
それはつまり、職人の表現というより、

自然や素材への対し方次第で、新しい世界への入り口が切り開けるかもしれないということ。
俺はそれを、左官のみならず、伝統の職人たちに伝えてみたい。

今回、「アマン東京」の顔となるような空間でチャレンジした『ネイチャー』は、異常に悩み疲れたが、少し未来を垣間見たような清々しいものでもあった。
このような仕事が日本で認められるだろうか？

本質的な自然観を、
日本はこの先、取り戻せるだろうか？

歓待の風景
地の色

朝、目覚めてまず、
手を入れてきた樹林をくまなく散策するのは、毎日の日課。
海抜七〇〇メートル、ゆるやかな南斜面の樹齢百年の小ナラの林は、探し続けた理想の地である。

二〇〇五年ころから植え込んできた山野草たちもなんとか定着して、
最近では、野草を移動させたり新たに植え込んだりしても、
枯れてしまうような状況になる前に、植物たちがその場を拒否しているか受け入れているかが、
なんとなくわかるような気がしている。

原生林をかきわけて入った下草刈りからはじめて、
はびこっていたクマザサなどの根をただひたすら引き抜いて、
二年と半年。
それから、カタクリを植えて五年が経った。
去年よりも今年と勢いを増し、反り返って咲く薄むらさきの花は、愛らしく美しい。

けれどそれよりも嬉しくて見入ってしまうのは、こぼれた種から育ったカタクリだ。花の廻りに一センチにも満たない一葉をつんと立てている小さな芽。斜面にこぼれ落ちて、あちこちに散らばる芽を数えながら、数年後の群生の姿をイメージしているだけで、あっという間に時が過ぎてしまう。

三年前の五月には、順調に育っているカタクリ、ショウジョウバカマ、ミツバツツジ、自生のスミレ、アオイの組みあわせに、ギフチョウが一羽、舞い訪れてこの山林で繁殖していることに気づき、俺たちは感激を通り過ぎて、
「この自然を守ってゆく使命を与えられた」と思うくらい、尊い誇りとなっている。

樹林の散策は、ひとり歩く寡黙な時間。
同じコースの繰り返しであればあるほど、『自然との対話』は豊穣なものとなり、葉の色つやの微妙な変化の観察が、おしゃべりな時間を深くさせてくれる。

「あっ！　オオルリ‼」

空を斬って飛ぶ、真っ青な羽を追いかける。

「あっちの枝だ！」「むこうにまわった！」

「あれっ、見失った！」と、しばらく脱線しては、またもとの道に戻る散策。

心の内、おしゃべりのポイントは、季節ごとに絶えず変わって、
途中でタイムアップになることもしばしば。

朝、八時をまわると、そこから急ぎ足で、最後のポイントを通って仕事場へ向かう。

そんな散策最後のポイントは、山林を切り開いた土砂を埋め立てて作った、手掘りの湿地。
最初は畳二枚ぐらいの大きさだったが、コツコツ広げて、
今では、三〇平方メートルはある立派な湿地帯になっている。
ミズゴケを入れ、ミズバショウを2株、
クリンソウ、サンカヨウ、リュウキンカを手探りで植えた。
すると、これまでうまくいかなかった、アケボノソウが自然に芽生えてきて

「そうか、おまえは湿地が好きだったんだなぁ」と、黙って話しかける。

ある日。

湿地をとり囲む、若いコナラの枝に、
握り拳くらいの黄色い泡が「ぶらん」と、ふたつ垂れ下がっている。
「待てよ、これテレビだったたか、見た覚えが……」
『モリアオガエル』がやってきたのである。
やがて、水面に落ちた泡を広げると、五ミリほどのオタマジャクシが散ってゆく。
一昨年は、その産卵現場に出くわして、
急きょ、仕事に行っている仲間を呼び寄せたこともあるくらい、心踊って。

なんだろう、このどうしようもなく、うれしい気持ちは。
なんだろう、このどうしようもなく、腑に落ちる温かさは。

たぶん、これが目指す、『歓待の風景』だと、あらためて師・小林さんの言葉を読み返してみる。

歓待の風景……
神々を迎えたり、鬼を迎えたり、獣を迎えたり、人を迎えたり、
歓待するのは到来するものへ、なのだ。
あらかじめ招待したものだけを、迎えるのではない。
到来するものは、あらかじめわからないもの、予期せぬものなのだ。
予期せぬものが時間をざわめかせ、風景をひらく。
歓待の風景とは、到来するものへとひらかれた風景のことだ。

到来するなにか。
風の音、ひびきと声、楽の音、物音、広場の喧騒、市場のざわめき。
鳥はその空の羽音で、その鳴き声でやがて到来するものの到来を告げる。

人と人との、あらかじめ大枠のある感情の広がりに対して、到来とは、人と人とのあいだに自然があって無限の感情が生まれる、と師は言っているのだろう。確かに、この山林で味わう到来への喜怒哀楽は、騒がしく、美しく、純度が高い。

最近、挑戦しているのは、ホタル。

山林の下に流れる、川に飛ぶホタルを湿地に連れてきたくて、地元のホタル研究者に、「近くの水路から採ってきたカワニナを湿地に放しているのですが、どうしたら良いものでしょうか？」と聞くと

「素人だから仕方がないが、自然は簡単なものではない」と、けげんな声で叱られて、ならば、自己流だと、夜、川に舞うホタルを採っては湿地で放すを繰り返すが、ホタルはみな川に帰ってしまう。

よく調べると、あの川にいるホタルは、ヒメボタルで、カワニナは、ゲンジボタルのエサだって。

「ありゃりゃ」ガックリ。しばらく、あきらめていた。

ところが去年、あの真っ暗な山林に四匹のゲンジボタルが飛んでいる!
……けれど、湿地にはいない。
どこかから舞い込んできただけかと思いきや、
秋、七匹ほどのホタルの幼虫が低木にとまって光っているのを見つけた。
うまくいけば、ゲンジボタルが棲みつくかもしれない兆しに、また心踊る。

【台風】
【春一番の突風】
【季節はずれの雪】の到来に
【倒木】の不安に震え、
【カシノナガキクイムシ】の恐怖を抱えて

去年は、イノシシの到来にあい、大事なササユリの根を、ほとんど食い尽くされてしまった。
カタクリの斜面も、踏み荒らされていてガックリ、残念でしかたがなかった。

もう、いま、春が待ち遠しいのは、そのダメージをいち早く知って手当てしたい、大切な山野草をあきらめたくないから。

ニューヨークに行く前。仲間のひとりが、

「親方よ～、清水が湧き出るからって苦労して積んだあの石垣のところ、見てみろ。あそこによ～たぶん、サワガニが棲みついているぞ。よくわからないが、あの石垣はサワガニ団地になるぞ」

見てみると、一匹の親分カニと十匹の子ガニをみつけた！

二〇〇一年、結社したばかりのころの秀平組のようなサワガニたち。

いつだったかの休日、一番弟子が、山野草に枯葉の腐葉土を蒔こうとしたとき、

「親方～！　落ち葉の中に、大きいウジ虫がいるんですけど」と言う。

見てみると、

「バカ！　これ、カブトムシの幼虫じゃないか。お前、知らないのか？」と、喜び叱って。

「エ～！　カブトってこれっすか！」と、苦笑いしている。

実は自分も、枯葉の蓄積した腐葉土にいる天然の幼虫ははじめて見た。

本当になんだろう、このこころ豊かさ、この到来の仲間たち。
それがうれしくて、うれしくて、言葉にできないほど、うれしくて。

厳しさと豊かさをあわせ持った、
自然の中で感じる喜怒哀楽は、まったく生きている実感を濃密にする。

いまの俺が頑張っていられるのは、俺の仲間たちと、到来の仲間たちが、
みんなが同じように大切な仲間として共存できている実感があるからだ。
こうした実体験の中で、気候や季節、そこに根付く樹や草や、土や石や水、
それらを感じて見い出し、使い生かすこと、それが人の知恵であり技能なのだと思う。

〃なんだろう、このどうしようもなく、うれしい気持ちは〃

〝なんだろう、このどうしようもなく、腑に落ちる温かさは〟


この充実感は、あらかじめ計画したものではなく、かといって、無計画だったわけでもない。

現地現場を感じることで、導かれていったように思う。

それは、現地に散らばっているパズルを組み立てたようなもの。

現地に散らばっていた、あるいは埋もれていた2つのピースを繋いでみる。

そこにもう1つ、自分たちの考えるピースを手作りして繋いできた繰り返しなのだ。

たとえばここに、3つのピースのパズルが組まれて
向こうには、偶然繋がった3つのピースがあって、
その中間地点で見つけた1つのピースに繋げる、もう1つのピースを考える。
ここは、どの技能が合っているかを感じて、ああだこうだと手作りしている。
点在したピースを結べば、おのずと道が描け、その先へと導かれる。
そのピースに花や虫が到来したとき、

俺たちは、正解だったんだと喜んできた。

最近言われる地域創生が、性急な経済政策として進んでしまえば、
本質ある地域創生とは真逆な結果になってしまうだろう。
街づくりは、ぱっと見の楽しい華やかな観光的視線ではなく
石一つひとつを積み上げるような息の長いリゾート的思想によるものでなければ、
たぶん長持ちしないだろうと思う。

建築家やデザイナーと、その土地にいるつくり手の技能を繋ぐこと。
いま、その役割を果たす職人的プロデューサーが必要だと思う。

いつかどこかの街で
そんな歓待の風景をつくる仕事が再びできたなら、
どんなに素晴らしいことだろう。

あとがきにかえて

これまでの人生で、ほとんど本を読むことがなかった俺。
本気になって読んだのは、土壁を少しでも知りたいと、
何度も何度も読み返した小林澄夫さんの本、『左官礼讃』だった。

知らない、わからない言葉があっても、漠然と音で読んでいたような気がする。
小林さんの文を、詩のように読んでいたと思う。
そのうちに、こうした音のある文を自分も書きたいと思うようになったのが
自分が文を書くきっかけだった。

意味より音、そして音から色へ、色から肌へ……。
それが自分にとって成立していれば、人にわからなくてもよかった。
喜怒哀楽の強い感情が沸き起こると
それをどう表そうかと、音・色・肌を空想した。
つまり、壁を考えていたのだと思う。

いまだ、言葉に対する知識は、貧弱な自分だが、
少しでも思いを言葉に変えることで、
なんとか自分を維持しているというところもある。

本編に収めた『左官メタモルフォシス』は
自然と人間と言葉が溶けあった左官の
新しい出会いとチャレンジを目指すもので、

今回、この本を出版するにあたって
そのことを少しでも発信できる事がうれしく、とてもありがたく思っています。
出版社である清水弘文堂書房さまと、協力してくださった皆さま
そして、この本を手に取ってくださった皆さまに、心より御礼申し上げます。

二〇一五年　春

挾土　秀平

本文写真　挟土秀平
編集　相澤洋美
DTP　相澤洋美　中里修作

左官　挾土秀平（はさど・しゅうへい）
1962年岐阜県生まれ。左官技能士。1983年技能五輪全国大会優勝。1984年同世界大会出場。2001年高山に「職人社秀平組」を設立。天然の土と素材にこだわり、一般建築物から日本伝統家屋、オブジェなど多ジャンルを手がける。個展や講演・執筆活動など、左官の枠を超え日本国内外で幅広い活動を展開。代表的な仕事は「ザ・ペニンシュラ東京」「洞爺湖サミット」「JALファーストクラスラウンジ（羽田空港国際線ターミナル）」「アンリ・ルルー　チョコレートショップ（パリ）」「アマン東京」など多数。著書に『のたうつ者』（毎日新聞出版）、写真詩集三部作『青と琥珀』『歓待の西洋室物語』『光のむこう』（木耳社）、『ソリストの思考術　挾土秀平の生きる力』（六耀社）。

職人社秀平組公式サイト　http://www.syuhei.jp/

ひりつく色

発行　二〇一五年五月一三日
著者　挾土秀平
発行者　礒貝日月
発行所　株式会社清水弘文堂書房
住所　東京都目黒区大橋一・三・七・二〇七
電話番号　〇三・三七七〇・一九二二
FAX　〇三・六六八〇・八四六四
Eメール　mail@shimizukobundo.com
WEB　http://www.shimizukobundo.com
印刷所　モリモト印刷株式会社

落丁・乱丁本はおとりかえいたします。
 ISBN 978-4-87950-616-0　C0095